$\mathcal{A}$LWAYS *the* HEART
$\mathcal{S}$IEMPRE *el* CORAZÓN

A bilingual coming of age story loosely based on the Navajo legend of the Changing Woman, who has the power to regain her youth. Set in rural New Mexico, this romance tells of a high school freshman who experiences her first love. Woven into the narrative is her grandmother's recollection of her first love. The similarity of experience creates a special bond between the two of them. This story will appeal to adolescents because of the knowing rendition of young love, told with innocence and firmly grounded in the family.

Other books by Jim Sagel:
Dancing to Pay the Light Bill
Where the Cinnamon Winds Blow
Garden of Stories

RED CRANE BOOKS

SANTA FE

$\mathcal{A}$LWAYS *the* HEART

$\mathcal{S}$IEMPRE *el* CORAZÓN

First Edition
Printed in the United States of America
Cover and book design by Beverly Miller Atwater
Cover painting by Michelle Ferran

Library of Congress Cataloging-in-Publication Data

Sagel, Jim.
    Always the heart = Siempre el corazón / Jim Sagel.
        p.   cm.
    English and Spanish.
    Summary: In a small New Mexico town, fourteen-year-old C.M. helps take care of her great-grandmother, who tells stories of her star-crossed life, making C.M. realize that she is not so different from those who came before her.
        ISBN 1-878610-68-6 (pbk.)
    1. Mexican Americans—Juvenile fiction.   [1. Mexican Americans—Fiction.
2. Great-grandmothers—Fiction.   3. New Mexico—Fiction.
4. Spanish language materials—Bilingual.]   I. Title.
PZ73.S2519   1998
[Fic]—dc21   98-26624
                                                                    CIP
                                                                    AC

Red Crane Books
2008-B Rosina Street
Santa Fe, New Mexico 87505
http://www.redcrane.com
email: publish@redcrane.com

Contents

for my mother

Grateful acknowledgment to Teresa Archuleta-Sagel;
Dr. Enrique R. Lamadrid, and Sharon Franco
for their help in editing this book.

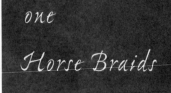

one

Horse Braids

"Neither one of them expected it, but that's how it always happens. You look up to find him staring into your eyes, and your world is never the same again. She had known him since she was a little girl—in fact, they had grown up together. But now that they were older, she started to notice how she got the chills every time he touched her, even when his fingers just brushed against her by accident."

"Chills, *abuelita?*" I say, wondering what it would be like to feel that much love.

As I comb the elderly woman's white hair, I imagine the boy who could make me tremble. Even though I really like my boyfriend Loren, he's never made me feel anything like that. No, it would have to be someone mysterious, complicated. Someone like the person I dream of when I ride down by the river on my pony.

Beyond the river are some red mesas that look like the towers of a castle. I always fantasize about going up there and riding over the drawbridge

Trenzas de caballo

—Ninguno de los dos lo esperaba, pero asina pasa siempre. Levantas la vista para hallar los ojos de él fijados en los tuyos, y ya no hay remedio. Ella lo había conocido desde niña, pos se habían criado juntos. Pero ya que se habían madurado, ella empezó a notar que cada vez que la tocaba, más que fuera por casualidad, sentía escalofríos.

—¿Escalofríos, abuelita? —le digo, preguntándome cómo sería sentir tanto amor.

Mientras peino el cabello blanco de la anciana, me pongo a pensar en el joven que a mí me pudiera hacer estremecer. Aunque sí quiero a mi novio Loren, él nunca me ha hecho sentir así. No, tendría que ser alguien misterioso, complicado. Alguien como el con quien sueño cuando me paseo por el río montada en mi potranca.

Al otro lado del río hay unas mesas coloradas que me parecen torreones de un castillo. Siempre sueño con subir allí, pasar el puente levadizo, y

where I'll meet the melancholic prince who has spent years waiting for me.

"That's how it is when your heart falls in love," says the tiny *anciana* I call *abuelita* even though she's actually my great-grandmother.

My *abuelita* knows all kinds of stories about the old days, but for me, the best ones are the love stories. And now that she's moved in with us, she has plenty of time to tell them to me.

"Aren't you going to finish your story, *abuelita?*"

"*Bueno, hija,* I'll tell you what happened to the couple, but I have to warn you that it's a little sad."

Now she's got me hooked for sure.

"Well, he must have been feeling those chills too because he was always trying to find a way to see her alone. Sometimes it would be after Mass when his parents would visit their *compadres,* and other times he'd look for her in the mornings when they'd send her to the river for water. You see, the only way they could see each other was in secret."

"But why?"

"Because she was a *criada.*"

"A *criada?*" I ask, marvelling at the thickness of my *abuelita's* long hair.

"That's what they used to call Indian women when they were taken captive. They were kept as slaves, but since they were raised up as part of the family, they became just as Spanish as the rest of us.

"They'd also marry our men, though there were some who didn't approve of the practice. His parents were like that: they refused to have an *india* for a daughter-in-law. That's why they ended up sending her away to another *pueblo.*"

"Another village? Does that mean they never saw each other again?"

"Never."

"That really *was* a sad story, *abuelita.*"

"*Bueno,* not really, *hija,* because afterwards the woman found a good man who married her and made her very happy. And do you know who that good man was?"

conocer al príncipe melancólico que durante años me habrá esperado.

—Bueno, hija, asina pasa cuando uno se enamora de corazón—dice la vieja diminutiva a quien le digo "abuelita" aunque en realidad es mi bisabuela.

Mi abuelita sabe muchas historias de tiempos pasados, pero las que más me gustan son éstas del amor. Y ahora que se ha instalado con nosotros le sobra tiempo para contármelas.

—Por favor siga con la historia, abuelita. ¿Qué pasó con la pareja?

—Bueno hija, te la contaré, pero tengo que advertirte que es un poco triste.

Ahora sí me ha enganchado el anzuelo.

—Pos él también sentiría los escalofríos porque siempre buscaba un modo para verla a solas, ya sea después de misa cuando sus padres visitaban a los compadres, o por las mañanas cuando la despachaban al río por agua. Si querían verse tenían que hacerlo a escondidas, ve.

—Pero ¿por qué?

—Porque ella era una criada, hija.

—¿Criada? —pregunto, admirando el pelo de mi abuelita, tan largo y tan espeso.

—Asina les decían a las indias que quedaban cautivas. Eran esclavas pero como se criaban entre las familias, se hacían tan mexicanas como nosotros.

—También se casaban con nuestros hombres aunque había los que no aprobaban de eso. Asina eran los padres de él, pos de ninguna manera querían tener una india como nuera. Por eso acabaron por mandarla a otro pueblo.

—¿Otro pueblo? Entonces nunca se volvieron a ver?

—Nunca.

—De veras que es una historia triste, abuelita.

—Bueno, no totalmente hija, porque fíjate que después la mujer halló a un buen hombre que se casó con ella y la hizo muy feliz. Y ¿sabes quién fue aquel hombre tan bueno?

"No, *abuelita.*"

"My own father."

"Your father? So the woman in the story was your mother?"

"Right, *hija*—your great-great-grandmother."

I can't believe all the things I've learned in the few months my *abuelita* has been with us. The truth is, I have such a good time with her I don't really mind taking care of her. My mother, of course, is the one who's mostly responsible for my *abuelita's* care, but I take over when Mom has to go to work at the hospital.

Somebody has to do it because my little brother Tomás never even thinks about helping out. He's always too busy goofing off or playing his guitar. Lately, he's been searching for treasures. I can't believe how silly my *hermanito* can be, getting all excited about *tío* Herculano's wild tales of buried gold.

Tomás actually believes those crazy stories, and so he spends all his time staring at the ground. As for me, I've always liked to look at the sky. That's why I tell all my friends that my initials, C. M., stand for "Crescent Moon."

At least that sounds better than the name on my birth cer-tificate, Crescencia Marta. I'm named after the two matriarchs of the family: Crescencia is my *abuelita's* name, and Marta was my grandmother's name on my mother's side. I guess that's nice, but I'm the one who's ended up with this "old-lady" name, a name that sounds so much like...well, like this little town of San Gabriel.

It's not that I hate living here, but I sure don't plan on spending my whole life hemmed in by these mountains, beauti-ful as they are. I want to travel, I want to see the ocean— the world.

"Estefanita was my mother's name," continues the first Crescencia, my *abuelita*. "*Bueno,* that was her Spanish name. Her Indian name was *Asdzaa Nanaalwoli,* which means, 'The Woman Who is Always Traveling.' Those are about the only words of Navajo I can remember out of all the things my *madrecita* taught me."

—No abuelita.

—Pos mi tata, hija.

—¿Su tata? ¿De modo que la mujer de la historia fue su madre?

—Sí mija, tu mesma tatarabuela.

Es increíble todo lo que he aprendido de mi abuelita en los cuantos meses que ha estado con nosotros. En efecto, me divierto tanto con ella que no se me hace molestia cuidarla. Bueno, mi mamá es la que se encarga del cuidado de mi abuelita, pero cuando ella tiene que salir a su trabajo en el hospital, a mí me toca la responsabilidad.

Alguien tiene que hacerlo, pues a mi hermanito Tomás ni se le ocurriría ayudarnos. El siempre está muy ocupado jugando, tocando su guitarra o, últimamente, buscando tesoros. A veces puede ser muy simplón, y ahora nuestro tío Herculano lo tiene bien aturdido con sus historias increíbles de tesoros enterrados.

Por creer esas tonterías, Tomás se la pasa mirando al suelo. A mí siempre me ha gustado mirar hacia el cielo: por eso les digo a todas mis amigas que mis iniciales, C. M., significan "Cielo Místico".

Por lo menos suena mejor que el nombre que aparece en mi fe de bautismo, Crescencia Marta. Me nombraron por las dos matriarcas de la familia: Crescencia es el nombre de mi abuelita, y Marta se llamaba la abuela del lado de mi mamá. Está bien todo eso, pero yo soy la que ha terminado por tener un nombre tan anticuado, tan…pues, tan propio de este pueblito de San Gabriel.

No es que no me guste aquí, pero tampoco pienso quedarme toda la vida encerrada en estas montañas, por bonitas que sean. Quiero viajar, quiero ver el mar, el mundo.

—Estefanita se llamaba mi madre —sigue hablando la primera Crescencia, mi abuelita—. Bueno, ése era su nombre mexicano. Su nombre en indio era Asdzaa Nanaalwoli, que quiere decir, "Mujer que siempre anda viajando". Casi son las únicas palabras de navajó que me acuerdo de lo muncho que me enseñó mi madrecita.

"*Bueno,* my father also knew quite a bit of Navajo, *sabes.*"

"I imagine he did pick up a lot from his wife."

"Actually, no. You see, my father was captured by the Navajos."

"You're kidding!" I say with surprise. "So both sides would steal children?"

"*Claro que sí.* My father was only five years old when the Navajos took him. He didn't get away until ten years later, and then it was only because his Navajo 'mother' helped him escape.

"What happened was his Navajo 'father' loved the boy so much that his 'mother' was worried one of their real sons might hurt him—you know, out of jealousy. So she gave him a horse and blanket and, when it got dark, she sent him back to his own people."

"What kind of horse was it, *abuelita?*"

"*Ay, hija,* how am I supposed to know that? All you ever think about is horses, no?" she says, shaking her head. Even though I can't see her face, I know my *abuelita* is not very happy. She's already given me plenty of sermons against horses, but I just pretend not to hear her because there's nothing in the world I love more than *caballos.*

And now I finally have my very own horse, a filly that my *tío* Herculano gave me. He's gotten too old to ride on horseback, so he told me I could keep the filly, just as long as I took good care of it. Well, he won't have to worry about that. I'll watch over her "like the eyes in my own head," to use one of my *abuelita's* sayings.

When I was a little girl, I had a calendar with the picture of a sorrel that I used to call "Asia." Since my filly looks so much like that horse of my childhood dreams, she's ended up with the same name.

My *abuelita* is right about one thing, I do spend a lot of time thinking about my Asia. I take her out for a ride every day, even though I know my *abuelita* doesn't approve. My mother doesn't like it either, but then she thinks most of the things I do are a waste of time.

—Bueno, mi tata también sabía bastante navajó.

—¿Lo aprendería de su mujer?

—Sabes que no, hija. Lo que pasa es que él también fue un esclavo, pero de los indios.

—¿De veras abuelita? —le digo sorprendida—. ¿Así que los dos lados tenían costumbre de robarse a los niños?

—Claro que sí, hija. A mi tata se lo llevaron los navajoses cuando apenas tenía cinco años. No se escapó hasta diez años después, y eso solamente porque le ayudó a huir su "madre" navajó.

—Izque su "padre" navajó había llegado a estimarlo tanto que a la "madre" le daba miedo que uno de sus hijos legítimos le hiciera mal—tú sabes, por envidia. De modo que ella le dio un caballo y una frezada, y cuando se hizo oscuro, lo despachó a su propio país.

—¿Qué clase de caballo fue, abuelita?

—Ay hija, ¿cómo voy a saber eso? Tú nomás en los caballos piensas, ¿no? —dice, sacudiendo la cabeza. Aunque no le puedo ver la cara, sé que mi abuelita no estará muy contenta, pues ya me ha dado varios sermones en contra de los caballos. Pero me hago la sorda porque para mí los caballos son la mera vida.

Y ahora por fin tengo mi propio caballo, una potranca que me dio mi tío Herculano. El ya se ha hecho muy viejo para andar a caballo, así que me dijo que yo podía quedarme con la potranca, con tal que la cuidara bien. De eso no tenía que preocuparse. La cuido como mis propios ojos, como dice mi abuelita.

Cuando era niña, yo tenía un calendario con el retrato de un alazán que había bautizado "Asia". Como la potranca que tengo ahora se parece mucho a aquel caballo de mis sueños de la niñez, le he puesto el mismo nombre.

Mi abuelita tiene razón, sí pienso todo el tiempo en mi Asia. Diariamente salgo montada en ella, cosa que no le gusta ni a mi abuelita ni a mi mamá. Bueno, al parecer de mi mamá, mucho de lo que hago es una pérdida de tiempo.

She's always telling me I spend too much time reading. According to my mother, books just fill my head up with fantasies, when what a young woman really should be thinking about are her obligations.

"Obligations" are all my mother ever seems to think about. Of course, it's also the reason she opened our doors to my *abuelita.* It didn't matter to Mom that the *anciana* actually is the grandmother of my father who died ten years ago.

Mom felt sorry for her because she has so little family of her own. The only children my *abuelita* has left are my *tío* Herculano and my *tía* Luisa—well, there's my grandpa too, but he's in a rest home now. My *tío* Herculano never married, and as for my *tía* Luisa, forget it! She's a sour old lady, and her kids turned out to be just as mean as she is—they don't even care about their own mother, nor much less their grandmother.

So after my mother took care of my *abuelita* the last time she was in the hospital, she decided the old woman couldn't live by herself anymore up in Coyote. Mom insisted that she come to live with us, and she's been here ever since.

The only problem is that now that school is about to start again, my mother will have to work the night shift so she can take care of my *abuelita* during the day. I'll watch over her after school, though the truth is, I don't think my *abuelita* needs all that much care.

She's in pretty good shape for a woman who's 95 years old. Mom always tells me not to worry if my *abuelita* says things that don't make any sense, but she doesn't seem senile to me.

When she was still alive, my *tía* Zulema used to tell some great stories, but now I realize that her mother is really the storyteller of the family. It's just that I'd never had the chance to spend much time with my *abuelita* because she's always lived fifty miles away from here. But now she's returned to San Gabriel, the town where she grew up nearly a hundred years ago.

"Even though I've forgotten most of the words I knew in Navajo, I do remember some of my mother's stories," says my *abuelita* who continues talking while I continue my combing. "Would you like to hear one of them?"

Siempre me dice que no debo leer tanto. Según ella, los libros sólo me llenan la cabeza de fantasías, cuando lo que una "mujercita" debe hacer es pensar en sus obligaciones. Parece que mi mamá no hace otra cosa. Bueno, pero es a causa de las "obligaciones" que ella le abrió las puertas a mi abuelita. No le importó que no era abuela suya sino la de mi papá que murió hace diez años.

Siempre le tuvo lástima ya que son tan pocos los parientes que tiene la anciana. Los únicos hijos que le quedan a mi abuelita son mi tío Herculano y mi tía Luisa—bueno, y mi abuelo, pero él está en un asilo de ancianos. Mi tío Herculano es solterón, y por lo que se refiere a mi tía Luisa, pues olvídatelo. Es una mujer más amarga que el vinagre, y sus hijos quizás salieron como ella porque no se interesan ni por su misma madre ni mucho menos por su abuela.

Así que después de atender a mi abuelita la última vez que estuvo en el hospital, mi mamá decidió que la vieja ya no podía estarse sola allí en Coyote. Insistió en que viniera a vivir con nosotros, y ha estado muy bien aquí.

Lo único es que ahora que la escuela está por empezar de nuevo, mi mamá tendrá que trabajar el turno de la noche para poder cuidarla de día. Yo me encargaré de mi abuelita después de la escuela aunque, a mi parecer, no necesita ni tanto cuidado.

Tiene muy buena salud para su edad, pues ya cumplió 95 años. Varias veces me ha advertido mi mamá que no hay que tomar a pecho todo lo que dice mi abuelita, pero yo no creo que sea nada senil.

Cuando estaba viva, mi tía Zulema contaba unas historias maravillosas, pero ahora entiendo que su madre es la cuentista maestra. Es que nunca había tenido la oportunidad de pasar mucho tiempo con mi abuelita porque vivía a unas cincuenta millas de aquí. Pero ahora sí ha regresado a San Gabriel donde se crió hace casi un siglo.

—Aunque no me acuerdo muncho de la lengua de los indios, sí recuerdo algunas de las historias de mi madrecita —dice mi abuelita, ella siguiendo con su plática y yo con la peinadura—. ¿Quieres escuchar una?

"Sure."

"*Bueno,* of all the stories she told me, the one that's stuck with me the most all these years is the legend of Changing Woman."

"Changing Woman," I repeat, fascinated with the name.

"She's one of the Navajo gods, *hija.* Changing Woman is also called Turquoise Woman because the Talking Gods formed her from a turquoise stone. They also created Yellow Corn Boy and White Corn Boy before they went away on the back of a rainbow, but Changing Woman is the most important one for us women."

"Because she's a goddess, no?"

"Yes, and also because she never dies. When Changing Woman gets old, she changes back into a young girl."

My *abuelita* falls silent, lost in her thoughts. Is she remembering the days when she was a young girl listening to her mother's stories?

"You must have really gotten along well with your mother," I say, thinking about all the problems I've been having with my own mother these last few months. She seems to go out of her way to criticize me, like this morning when she was complaining about how I clean the house. Well, just because I don't want to waste my whole life sweeping the floor! And why doesn't she ever make Tomás pick up after himself?

"*Ay, hija,* I wish I would have had the chance to really know my *madrecita.* When she passed away, I was about the same age you are now. She died in childbirth, like so many other women back in those times. There weren't any hospitals or doctors like nowadays.

"We did have *curanderas.* In fact, my *madrecita* herself knew all about *las yerbas.* She would always say that the wild plants were 'God's medicine.' And she used to cure a lot of people with her herbs, *pero pobrecita*—she couldn't save her own life."

—Claro que sí.

—Bueno, creo que de todas las historias que me contó ella, la que se me ha quedado más grabada en la memoria es la leyenda de la Mujer de los Cambios.

—La Mujer de los Cambios —repito, fascinada con el nombre.

—Es una diosa de los navajoses, hija. A ella también le llaman la Mujer de Turquesa porque los Dioses que Hablan la formaron de una turquesa. También crearon al Joven del Maíz Amarillo y al Joven del Maíz Blanco antes de partir en un arco iris, pero la Mujer de los Cambios es la más poderosa para nosotras las mujeres.

—Porque es diosa, ¿no?

—Sí, y además porque la Mujer de los Cambios nunca se muere. Cuando envejece se convierte en una joven otra vez.

Con eso mi abuelita se calla, absorta en sus pensamientos. ¿Estará recordando los días cuando era una joven y escuchaba los cuentos de su mamá?

—Seguro que usted se llevaría muy bien con su madre —le digo, pensando en todos los problemas que he tenido con mi propia mamá durante los últimos meses. Es como si ella se dedicara a criticarme, pues esta misma mañana estaba quejándose de que yo no sabía lo que era limpiar. Bueno, sólo porque yo no quiero gastar toda la vida barriendo la casa. Y ¿por qué permite que Tomás deje todo tirado en el suelo?

—Ay hija, ojalá hubiera tenido la oportunidad de conocer bien a mi madrecita. Ella murió cuando yo tenía la edad que tienes tú ahora. La pobre murió en el parto, como tantas mujeres, pos en aquel entonces no había hospitales ni doctores como hoy día.

—Curanderas sí había, bueno, mi mesma madre era una de las más sabedoras, ve. Ella sabía muncho de las yerbas. Me decía que todas las matas que se dan en el campo son "medicina de Dios". Curaba a muncha gente con sus remedios, pero no pudo salvar su propia vida, pobrecita.

"You know a lot about herbs too, *abuelita,*" I tell her, and it's true. My *abuelita* is always boiling some bad-smelling brew on the stove. When I had that cough a few days ago, she had me drink a tea that she made out of lavendar and *inmortal.* It sure tasted bitter, but I have to admit that it helped more than the cough syrup I was taking.

"*Sí, mija,* I learned a few things from my *madrecita.* I don't know half of what she used to know, but it is 'God's medicine' that has me here still kicking.

"But, you know, it was so hard on me when my mother died. Because I was the oldest of the family, I had to take care of my five younger brothers and sisters. And the worst thing was, I had never liked housework. I've always preferred the outdoors."

"Just like me."

"*Bueno, hijita,* I guess there's a good reason we share the same name. But you know, I used to love to go outside with my *tata.* If he was going to fix the *corrales,* I'd be right there beside him. My *madrecita* would say, '*No vas,'* but I'd tell her, '*Sí voy.'* 'You're not going'—'Yes I am.'

"Once, I remember, I wanted to go somewhere with him, but my *madrecita* had just finished washing my hair so she did-n't want to let me go. But my *tata* had me so spoiled that he told my *madrecita,* 'Give me a comb and some string.' He made me some big braids—my *madrecita* called them 'horse braids'—but I didn't care, just as long as I got to go with him."

"Who knows, *abuelita?* I might be making some of those 'horse braids' right now!" I say as I begin braiding her hair that's as shiny and white as the snow on top of the Cerro Pelado.

Did my own father used to braid my hair? I don't remember but I imagine he must have because he used to spoil me too. I was the apple of his eye—at least that's what my mother says.

Many years have gone by, but I still miss my father so much. While I continue braiding my *abuelita's* hair I feel the old sadness, that familiar pain that always fills me whenever I think about him.

—Pero usted también sabe muncho de las yerbas, abuelita —le digo, pensando en cómo ella siempre está hirviendo algún brebaje hediondo en la estufa. Ahora que tuve esa tos, me obligó a tomar un té de alhucema e inmortal que me preparó— muy amargo, pero tengo que admitir que me ayudó más que los jarabes para la tos que estaba tomando.

—Sí mija, aprendí un poco de mi madrecita. No era ni la mitad de lo que sabía ella, pero es su "medicina de Dios" que me tiene aquí dando guerra todavía.

—Pero sabes, hija, fue muy duro para mí cuando murió mi madrecita. Como la mayor de la familia, a mí me cayó la obligación de cuidar a mis cinco hermanitos y hermanitas. Y lo peor es que nunca me había gustado el trabajo de la casa. Lo que a mí me gustaba era salir pa'fuera.

—Como yo.

—Bueno hijita, no es por nada que compartimos el mesmo nombre, yo creo. El cuento es que yo estaba en los cielos cuando andaba afuera con mi tata. Si él salía a componer corrales, yo me pegaba a él. Mi madrecita me decía, "No vas", pero yo le respondía, "Sí voy". "No vas"—"sí voy".

—Una vez, me acuerdo, yo quería salir con él a alguna parte pero mi madrecita acababa de lavarme el pelo, de modo que no quería dejarme ir. Pero como mi tata me tenía tan echada a perder, le dijo a mi madrecita, "Dame un peine y unos mecates". Me hizo unas trenzotas—mi madrecita dijo que eran "trenzas de caballo"—pero no me importaba nada pudiendo ir con él.

—Quién sabe si ahora no salgan otras trenzas de caballo, abuelita —le digo, empezando a trenzar su cabello tan blanco y relumbroso como la nieve en el Cerro Pelado.

¿También me haría trenzas mi papá? No me acuerdo, pero debe de haberlo hecho porque a mí también me tenía muy consentida. Yo era la mera niña de los ojos de mi papá—así me dice mi mamá.

Han pasado bastantes años, pero siempre le extraño mucho a mi papá. Mientras sigo trenzando el pelo de mi abuelita siento la vieja tristeza, la muy conocida tristeza que siempre me acompaña cuando me pongo a pensar en él.

But tonight I feel different somehow. It's as if there's another emotion inside my sadness. It feels like a premonition—a sensation that something, or someone is about to show up.

"It must be the beginning of school," I say without realizing I've spoken out loud.

"What's that, *hija?*"

"*Nada, abuelita,*" I answer, but I just can't shake this feeling of anticipation. Tomorrow is going to be my first day of high school, yet I know something else is on its way. An even bigger change is about to come.

Pero esta noche no es igual. Dentro de mi pena hay otro sentimiento que no puedo entender. Es como una premonición que algo—o alguien—va a venir.

—Debe ser el comienzo de la escuela —digo sin saber que lo he dicho en voz alta.

—¿Qué pasa, hija?

—Nada, abuelita —le contesto, pero no puedo negar esta sensación de esperanza. Es cierto que mañana será mi primer día en la escuela secundaria. Sin embargo, sé que algo más viene. Otro cambio más grande me espera.

two

Old Age Talking

"Lori, we've already been in school for a whole week and I've hardly even seen you. What's going on? Why are you hiding from me?"

"I'm not hiding. I just don't want to stick my nose in your business—you know, with my brother."

Just as I thought. She's still upset because I like her twin brother. Lori and I have been best friends since first grade, and her twin Loren has always been like a brother to me too. But this summer that all changed. Now I like Loren in a whole different way.

"Lori, we've been through all this before. Come on, I'll walk you to your house."

"What? Don't you have to wait for Loren?"

It's true that Loren has walked me home every day this week, but today is the first day of football practice, a little fact that Lori doesn't seem to know (and I hope she doesn't find out, either).

La vejez que habla

———— ✿ ————

—Lori, ya llevamos una semana de escuela y apenas te he visto. ¿Qué te pasa? ¿Por qué te escondes de mí?

—No me estoy escondiendo. Es que no quiero entremeterme en tus negocios—tú sabes, con mi hermano.

Ya me lo imaginaba. Sigue enojada porque quiero a su hermano gemelo. Lori y yo hemos sido inseparables desde el primer grado, y su cuate Loren siempre ha sido como hermano mío también. Pero este verano todo cambió. Ahora quiero a Loren de una manera distinta.

—Lori, ya discutimos todo esto. Anda, te acompaño a casa.

—¿Cómo? ¿Que no tienes que esperar a Loren?

Es verdad que Loren me ha acompañado a casa toda esta semana, pero hoy tiene su primer día de entrenamiento para el fútbol, cosa que tal vez no sabe Lori—y vale más que no lo sepa.

"No, I'd like to walk with you," I tell her, picking up my backpack from under one of the big elms in front of the school. "Let's go—I want to hear what you think about high school."

"Okay," she agrees half-heartedly.

"What do you think about our new teacher, Mr. González?" I ask as we cross the bridge over the ditch that runs behind the school. They say that during initiation the seniors throw us freshmen in the water, but I don't want to worry about that quite yet.

"Well, he's not very new," replies Lori who seems to be in a better mood now that we're walking. "Didn't he say he'd been your father's teacher too?"

"Yeah, and yesterday after class he told me that my dad also liked to daydream. Well, I may daydream but at least I don't fall asleep like he did today!"

"¡Qué tonto! We should've just thrown a blanket over him and taken off," says Lori while we both break out laughing at the memory of the old fool sawing logs in front of our class.

He should have retired years ago when he was back teaching at the elementary school. I remember Tomás used to complain all the time about Mr. González, and now the skinny old teacher has moved to San Gabriel High School to drive me nuts.

"I didn't like what he said about my father," I tell Lori, "and I also didn't care for the way he made fun of my name."

"What do you mean?"

"You know, when he said women couldn't go by their initials."

"Well, at least he didn't call you 'Martha' like Sister Bruno used to do in parochial school."

"Don't even *remind* me of her. The point is, first he changes our names, and the next thing you know, he's acting like we don't even exist. Haven't you noticed how Mr. González never pays any attention to you or me or any of the girls in the class? All he's interested in is the guys."

—No, quiero andar contigo —le digo, agarrando mi mochila que había dejado debajo de uno de los grandes olmos enfrente de la escuela—. Vamos, que quiero saber lo que piensas de jáiskul.

—Bueno —consiente de mala gana.

—¿Qué te parece nuestro nuevo maestro, el profesor González? —le pregunto mientras atravesamos el puente sobre la acequia que corre detrás de la escuela. Dicen que durante la iniciación, los estudiantes del último año nos tiran al agua a nosotros los del primer año, pero no quiero pensar en eso todavía.

—Bueno, él no tiene nada de nuevo —responde Lori, un poco más contenta ahora que estamos caminando—. ¿Que no dijo que fue el maestro de tu papá?

—Sí, y ayer después de la clase me dijo que a mi papá también le gustaba soñar despierto. Pos, mejor eso que quedarse dormido de todo como hizo él hoy.

—¡Qué tonto! Deberíamos haberlo acobijado, y todos pa'-fuera—dice Lori, y las dos soltamos una carcajada al recordar al zonzo dormido como un troncón delante de la clase.

Debió haberse jubilado hace años cuando enseñaba en la escuela primaria. Me acuerdo que Tomás se quejaba todo el tiempo del profesor González cuando lo tenía de maestro, y ahora el viejo flacucho se ha mudado a la Escuela Secundaria de San Gabriel para hacerme la vida pesada a mí.

—No me gustó esa observación sobre mi papá —le digo a Lori—, ni tampoco la manera en que se burló de mi nombre.

—¿Qué?

—Tú sabes, cuando dijo que las mujeres no se pueden conocer por sus iniciales.

—Bueno, al menos no te llama "Martha" como lo hacía la Hermana Bruno en la escuela católica.

—Ni me recuerdes de ella. Pero mira, cambiarnos el nombre es una cosa, pero quitarnos la voz, pos eso sí es el colmo. ¿Te has dado cuenta cómo el profesor González nunca nos hace caso, ni a nosotras ni a ninguna de las jóvenes de la clase? Parece que solamente le importan los muchachos.

"Kind of like you...*amiga,*" Lori says, sarcastically drawing out her pronunciation of the last word.

"Lori, like I told you..." I begin, trying not to sound too exasperated. After all, *she's* the one who's always been boy-crazy. And they tend to be pretty crazy about her too, with her blond curls and great figure. I, on the other hand, seem destined to be as skinny as a pole my entire life.

"*Ciao,*" says Lori, already climbing up the hill to her house, one of the most luxurious in all of San Gabriel. They have a huge flower garden and a carpet of lawn in their yard big enough to pasture my horse for a whole year.

"See ya," I call out to her back. While I follow the path to my place, I think about how stubborn Lori can be. Still, she's the best friend I have.

Lori's father is one of the richest men in the county, but she's no snob. Actually, she's very down-to-earth and really independent. Lori thinks for herself, and she's never afraid to say exactly what she's thinking. That's why I like her so much, but it's also the reason she gives me such headaches from time to time.

Lori is Lori, I think as I approach my house. It's not nearly as elegant as my friend's house, but I think it has more personality. My father made the adobes with his own hands, and my mother helped build the walls. They say they even got help from my *tía* Zulema, who used to know quite a bit about carpentry.

My father isn't around anymore, nor my *tía* Zulema, who raised my dad as if he were her own son. But my *tía's* mother is still here, my *abuelita* who greets me as I enter the house.

"*Muy bien, abuelita.* And you, how was your day? Are you still crocheting?"

"Just like always," she says, lowering her crochet hook to contemplate me with eyes so dark and lively that they seem to have been misplaced in her furrowed face. "What's wrong, *hija?*"

"*Nada,*" I reply in disbelief. How can she know me so well? Do those intense eyes have x-ray vision?

—Como a ti…amiga —dice Lori, alargando la pronunciación de la última palabra en tono sarcástico.

—Lori, como te dije….—empiezo, tratando de controlar mi exasperación. Al fin y al cabo es ella la que siempre ha sido loca por los chicos. Y ellos la quieren muy bien también, con sus rizos rubios y su buena figura, mientras que yo quizá voy a quedarme tan flaca como un poste toda la vida.

—Ciao —me interrumpe Lori, ya subiendo la cuesta a su casa, una de las más lujosas de San Gabriel. Tiene un gran jardín de flores y una alfombra de césped en el patio tan abundante como para pastar a mi potranca durante todo el año.

—Te miro —le digo a su espalda, siguiendo la vereda a mi casa y pensando en lo terca que puede ser Lori. Pero con todo, es mi mejor amiga.

Su padre es uno de los hombres más ricos del condado, pero ella no tiene nada de esnob. Todo lo contrario, Lori es muy práctica y sumamente independiente. Ella piensa por sí misma, y no tiene miedo de decir exactamente lo que está pensando. Por eso me cae tan bien, pero también por eso me da unos dolorones de cabeza a veces.

Lori es Lori, pienso al acercarme a casa. No es tan elegante como la de mi amiga, pero tiene más personalidad. Está hecha de los adobes que hizo mi papá con la ayuda de mi mamá y, según entiendo, de mi tía Zulema que sabía mucho de la carpintería.

Ya no está ni mi papá ni la tía Zulema que crió a mi tata como si fuera su hijo. Pero aún vive la madre de ella, mi abuelita que me saluda cuando entro.

—Muy bien, abuelita. Y usted, ¿cómo pasó el día? ¿Todavía crochando?

—Como siempre —dice, bajando el ganchillo para contemplarme con unos ojos tan negros y vivos que parecen estar colocados por equívoco en su cara arrugadísima—. ¿Qué te pasa, hija?

—Nada —respondo incrédula. ¿Cómo puede conocerme tan bien? ¿Tendrán esos ojos penetrantes visión de rayos X?

"*Bueno,*" I continue after a moment. "It's that…I don't get along with my teacher at school…the truth is, I don't get along with *anyone*. I don't have hardly any friends, and the one I *do* have is mad at me. I don't know, *abuelita,* but sometimes I feel like I was born in the wrong place."

"Or at the wrong time, *hija,*" she says, returning to her crocheting. "But, then, it's always the wrong time for us women, no? I used to feel just like you when I was your age."

"What was your life like back then?" I ask, trying to imagine my elderly *abuelita* as a young girl.

"*Una vida dura, hijita,* a hard life for everyone, but especially for the women. Our work was never done. We'd work from sunup to sundown, and then we'd keep right on going into the night.

"It was the women who had to do the mud plastering, both the outside walls and the inside. And then every year we'd have to take the wool out of the mattresses to wash it.

"When it came to cooking, there was no such thing as gas or electricity. Everything we'd cook using firewood. Day after day, making fires, and not just for preparing the food. We'd also have to heat up water in the stove for baths and to wash clothes, too.

"And you know we didn't have washing machines like today either. Everything had to be washed by hand, using the soap we'd make ourselves, *tú sabes,* out of lye and lard. And remember, *hija,* there were no Pampers back then.

"*Bueno,*" my *abuelita* says once we stop laughing—"it all probably sounds like a *cuento* to you, but that's the way we used to live. It was a hard life, but very beautiful too.

"We always used to help each other out, all of us women— and that way, it didn't seem like so much work. Such wonderful *comadres* I used to have, may they rest in peace.

"And now what's wrong, *hija?*" my *abuelita* asks, probably noticing a change in my expression.

—Bueno —continúo tras una pausa—. Es que...no me llevo muy bien con mi maestro...bueno, no me llevo bien con nadien. Tengo muy pocas amigas, y la que sí tengo se enojó conmigo. No sé, abuelita, siento como si hubiera nacido en el lugar equivocado.

—O en la época equivocada, hija —dice, volviendo a tejer con ganchillo—. Pero siempre es así para nosotras las mujeres, ¿no? Yo también me sentía como tú cuando era mediana.

—¿Cómo era su vida en aquel entonces? —le pregunto a mi abuelita, tratando de imaginarla como una joven, esta mujer que siempre ha sido una anciana para mí.

—Una vida dura, hijita, muy dura para todos, pero peor para la mujer. Nuestro trabajo nunca se acababa. De sol a sol trabajábamos, y luego seguíamos por las noches.

—A las mujeres nos tocaba enjarrar, adentro y afuera. Y luego todos los años teníamos que sacar la lana de los colchones para lavarla.

—Ahora para cocinar, pos no había gas ni electricidad. Con la pura leña, hija. Día tras día, echando lumbre, y no solamente para hacer de comer. También para que se bañara la familia teníamos que calentar agua en la estufa, y luego para lavar también.

—Ya sabes que tampoco teníamos máquinas de lavar como hoy día. Todo teníamos que lavar con la mano, usando el jabón que nosotras mesmas hacíamos, tú sabes, de lejía y manteca. Y acuérdate, hija, que no había *pampers* en aquel entonces.

—Bueno —dice mi abuelita cuando nos dejamos de reír—, parece mentira pero asina era nuestra vida. Una vida difícil, pero murre bonita también.

—Para todo nos ayudábamos, las unas a las otras, y asina entre munchas, el trabajo no era tan pesado. Tan buenas comadres que tenía, que en paz descansen.

—Y ahora, ¿qué te pasa, hija? —pregunta mi abuelita, quizá dándose cuenta de algún cambio de expresión en mi cara.

"I was just thinking," I tell her. "Here you are with such beautiful memories of your *comadres,* and I'm stuck with a friend who won't even talk to me."

"And why is that, *hija?*"

"*Bueno,* I think it's because I like her twin brother."

"You know what, *hija?* All these troubles you're having with your *amiga*—don't you think she might just be jealous?"

"Why should she be jealous, *abuelita?*"

"Well, if she's as good a friend as you say , she's probably jealous of her brother because he's stealing the attention you used to give to her. Don't you think?"

"Could be," I reply, surprised at how perceptive my *abuelita* is. She may be eighty years older than me, but sometimes she understands me better than my own mother.

"It's nice to talk to you, *abuelita.* You know, I can't say these things to my mother."

"Why not?"

"Well, in the first place, she thinks I'm too young to be interested in boys. But I've already turned fourteen."

"*Bueno, hija,* your mother may be right. But, then, I was a bride by the time I was fourteen years old. And there were others who got married even younger than me, like my *comadre* Beatriz. They married her when she was only twelve years old, can you imagine that? Once, I remember, we were playing dolls when her mother shouted: 'Put those dolls away and get dinner ready for your husband before he gets back home!'

"So I don't know, *mija.* You should enjoy your childhood as long as you can, but I can see you're not a child anymore, no?"

"No, *abuelita.* "

"But listen, if that *muchachita* is a true friend, she'll accept you no matter what," she says, rising with difficulty but refusing, as always, my offer of help.

"I'm going to go to bed now, *hija. Buenas noches.* "

"*Buenas noches le dé Dios, abuelita.* "

—Estaba pensando —le digo—. Usted con tan buenas memorias de sus comadres, y yo con una amiga que apenas me habla.

—Y ¿por qué no te quiere hablar, hija?

—Bueno, creo que será porque quiero a su hermano, Loren. Es su cuate.

—Mira, hija, estos problemas que tienes con tu amiga, ¿no crees que serán por los celos?

—¿Cómo que celos, abuelita?

—Pos, si es tan amiga tuya, entonces puede estar celosa de su hermano porque él le está quitando la atención que tú le prestabas antes. ¿No crees?

—Tal vez sí —le digo, sorprendida ante la sencillez y la exactitud de su observación. Me lleva unos ochenta años, pero me comprende mejor que mi misma madre.

—Qué gusto hablar con usted, abuelita. Sabe que no puedo decir estas cosas a mi mamá.

—¿Por qué no, hija?

—Pos, ella piensa que estoy muy joven para interesarme en los muchachos. Pero ya cumplí catorce años.

—Bueno, hija, creo que tu madre tendrá razón. Verdad que yo me casé a los catorce años. Y había otras que se hicieron esposas con menos edad que yo, como mi comadre Beatriz. A ella la casaron cuando apenas tenía doce años, ¡fíjate nomás! Una vez me acuerdo que andábamos jugando con las muñecas cuando su madre le gritó, "¡Ya deja las muñecas y haz de comer a tu marido, que ya viene!"

—De modo que no sé, mija. Hay que gozar de tu niñez todo lo posible, pero también veo que ya no eres niña, ¿no?

—No, abuelita.

—Pero mira, si esta muchita es una amiga de verdad, te aceptará pase lo que pase —dice, levantándose con dificultad pero negando mi ayuda como siempre.

—Ya voy a acostarme, hija. Pasa muy buenas noches.

—Buenas noches le dé Dios, abuelita.

"Just one thing, *mija*—be very careful with brothers."

"What...?" But my *abuelita* has already started down the hall to her room. I'd give her a hand, but I don't want to offend her.

So I stay here wondering what she meant by that last line about "brothers." Could it just be her "old age talking," like Mom says? Or has she given me a riddle to solve?

—Una cosa sí, mija—ten muncho cuidado con los hermanos.

—¿Qué...? —pero mi abuelita ya ha empezado a dirigirse por el pasillo que conduce a su cuarto. Le ofrecería una mano, pero no quiero herirle la dignidad.

Así que me quedo con las ganas de saber lo que quería decir con eso de los hermanos. ¿Será su "vejez que habla", como dice mi mamá? O ¿será una adivinanza que debo descifrar?

three
The Music of the Looms

"I want you to finish that weaving before you go out," my mother tells me in her no nonsense voice.

How can I not be upset about losing such a perfect day? It's a drag to be stuck inside here watching the sun pour through the window, and knowing that Asia is out in the corral waiting to carry me away to the far-off places of my imagination.

But here I am at the loom, making *conguitas,* these miniature stripped weavings for the bargain-hunting tourists. It's not that I don't like to weave. But I hate this mass production work that Mr. Otero demands for his curio shop on the plaza. There's nothing creative about it, and, what's worse, the meadowlarks are singing outside.

"But why do I have to weave every weekend?" I ask my mother. I know I'd be better off keeping my mouth shut, but I have to let my feelings out. "Just because *you* like to work all the time...."

tres

La música de los telares

———— ❧ ————

—Quiero que acabes esa conguita antes de que salgas —me dice mi mamá en su voz de "déjate de tonterías".

No puedo menos que lamentar para mis adentros esta pérdida de un día tan lindo. Es un martirio mirar el sol brillando por la ventana y pensar en mi Asia allí en el corral esperándome para llevarme a los parajes desconocidos de mi imaginación.

Pero aquí me tienen en este telar, haciendo conguitas de rayas para los turistas de recursos limitados. Tejer sí me gusta. Lo que me cae mal es este tipo de producción en cadena que exige el señor Otero, dueño de la tienda de curiosidades en la plaza. Este trabajo pesado no tiene nada de creativo y, para colmo, afuera están cantando las charas.

—Pero ¿por qué tengo que tejer todos los fines de semana? —le pregunto a mi mamá. Sé que debería guardar silencio, pero tengo que desahogarme—. Solamente porque a usted le gusta trabajar tanto….

37

"This has nothing to do with what I like or don't like," she says, tossing her head back to get the hair out of her eyes. She's tied it up to go to work, but, like always, a few stray curls have broken free of the bun.

"You know we need that money from Mr. Otero. Or have you already forgotten the deal we made, that you're going to weave so you can buy hay for that horse?"

"Filly," I correct her.

"Whatever," she replies, her mouth tightening.

"And how come he never has to weave?" I say, looking towards Tomás, who has just walked into the weaving room.

"What your brother does is none of your business. All *you* need to worry about is finishing your work before you take off on that horse. You and your horses! I swear—sometimes I think you're more of a boy than your own brother."

"If my father was alive...," I say under my breath, but I can tell my mother has heard me. I'm immediately sorry when I notice the way her shoulders drop. But before I can apologize, she's left us with a curt goodbye.

"Hey, you know I work too," Tomás says after our mother is gone. He's probably annoyed because of her last comment about his virility. After all, he's grown up quite a bit over the last year. Even his voice has started to get a little deeper.

It is true, though, that Tomás would rather stay inside the house with his books and his guitar than go outside. And as far as horses are concerned, he's been scared of them ever since he was a young boy and he fell off my grandpa's mare.

"Anyway, if you want to trade places, that's fine with me," he continues. "You can go hassle with Chick-Hatcher."

"I have to put up with her husband every single day," I reply, thinking about Mr. González. He's married to the owner of the local grocery store, who got the nickname *Sacapollos* after she hatched several eggs inside her blouse.

—No tiene nada que ver con los gustos —dice, sacudiendo la cabeza para quitarse el cabello de los ojos. Lo ha amarrado en un moño para ir al trabajo pero, como siempre, se le han escapado varios mechones rizosos.

—Necesitamos ese dinero que ganamos con el señor Otero, tú ya lo sabes. Ojalá que no se te haya olvidado nuestro acuerdo, que vas a tejer para comprar zacate para ese caballo.

—Potranca —le corrijo.

—Lo que sea —responde, apretándose la boca.

—Y ¿por qué él nunca tiene que tejer? —digo, mirando hacia Tomás que acaba de entrar al cuarto donde tenemos los telares.

—¿Qué te importa lo que hace tu hermano? A ti sólo te importa acabar tu trabajo antes de que te desaparezcas en ese caballo. Ay, ¡tú y los caballos! Creo que eres más chamaco que tu hermano.

—Si estuviera vivo mi papá....—digo para mí, pero veo que mi mamá me ha escuchado. De inmediato me pesa haberlo dicho, pues parece que se le encorvan los hombros. Quisiera disculparme pero ella ya se ha despedido de nosotros con un adiós a secas.

—Mira, yo también trabajo —dice Tomás cuando nuestra mamá se ha ido. El debe estar resentido por el comentario que hizo ella sobre su virilidad. Al fin y al cabo, ha crecido mucho en el último año. Hasta su voz ha empezado a bajar un poco.

Sin embargo, Tomás todavía prefiere quedarse dentro de la casa con sus libros y su guitarra al salir para afuera. Y por lo que se refiere a los caballos, siempre les ha tenido miedo desde que era niño y se cayó de la yegua de mi abuelo.

—Me gustaría verte en mi lugar —continúa—, lidiando con la Sacapollos.

—Bueno, y a mí me toca aguantar a su marido todos los días —le respondo, pensando en el profesor González. El está casado con la Sacapollos, la dueña de la tienda de abarrotes que recibió su sobrenombre después de incubar varios huevos dentro de su blusa.

"Well, he used to be my teacher too. But you ought to see how hard it is to work for Chick-Hatcher. She's so tight she won't even let me drink a soda once in a while. And I've always got to be busy, even if there's nothing to do. No wonder Mr. González is so skinny, with a slave-driver of a wife like that.

"And speaking of work, I've got to go, too," he says, walking out the door. But a moment later, he's back.

"You forget something?" I ask.

"Yeah, I forgot to tell you what happened yesterday at the store."

"What's that?"

"Well, you remember that old guy with the long beard and the twisted-up hand?"

"Whazamatter?" I say in surprise. I guess my little brother really is growing up. I remember when he used to be terrified of that dirty old vagabond who's always walking the streets of San Gabriel repeating the same words, *What's the matter, what's the matter?*

"Yeah, Whazamatter," Tomás continues. "Well, he showed up at the store, and when he saw I was alone, he told me he was going to stick me up. 'Gimme all the money in the cash register, or else...,' he said.

"Sure, or else what? What was he going to do anyway— touch me with that deformed hand of his? I didn't pay any attention to him, but he just kept on telling me, 'The money or your life.' Finally I got tired of listening to him, so I said, 'Look, I can't even open the cash register unless you make a purchase.'

"And you know what he did? He grabbed a chocolate bar and told me to open the cash register. 'I'll pay you out of the money you've got in there,' he said. But that was when Chick-Hatcher came back, and as soon as he saw her, he took off.

"*Bueno*, I gotta split too!" Tomás says with a quick glance at his watch. "*Te guacho, carnala.*"

I continue working, thinking about how slow the weaving is with Mr. Otero's wool. At least the rag rugs we used to weave would grow faster on the loom. But then we'd also have to rip

—Pos, yo también lo tuve de maestro. Pero si vieras cómo es trabajar por la Sacapollos. Es tan tacaña que ni una soda me deja tomar de vez en cuando. Y siempre tengo que estar ocupado, no importa si no hay nada que hacer. Con razón está tan flaco el profesor González, pos esa mujer no tiene abasto.

—Y hablando del trabajo, yo también tengo que ir —dice, saliendo de la puerta. Pero pronto vuelve a entrar.

—¿Dejates algo? —le pregunto.

—No, es que se me olvidó decirte lo que me pasó ayer tarde en la tienda.

—¿Qué?

—Pos, ¿te acuerdas de aquel viejo con las barbas largas y la mano torcida?

—¿El Guazamader? —le respondo con sorpresa, pues verdad que se ha madurado mi hermanito. Antes le tenía mucho miedo a ese vago asqueroso que día tras día anda por las calles de San Gabriel repitiendo las mismas palabras en inglés, *What's the matter, what's the matter?*

—Sí, ese Guazamader —sigue—. Pos llegó a la tienda y cuando vido que estaba solo, me dijo que me iba a robar, que quería que le diera todo el dinero que había en la caja. "Haz lo que te digo o si no"....me dijo.

—Pos, ¿qué me iba a hacer? ¿Tocarme con esa mano torcida? No le presté nada de atención, pero estaba tan aferrado de que le entregara el dinero o mi vida, que al fin le dije, "Mira, no puedo abrir la caja si no haces una compra".

—Y ¿sabes qué hizo? Agarró una tableta de chocolate y me mandó que abriera la caja, diciéndome, "Te lo pago del dinero que tienes allí adentro". Pero en eso entró la Sacapollos, y tan pronto como la vido, pos se pintó.

—Bueno, yo también tengo que correr —dice Tomás, echando una ojeada a su reloj—. Te guacho, carnala.

Sigo trabajando, pensando en lo despacio que es tejer con esta lana del señor Otero. Por lo menos los sarapes que antes hacíamos de garras torcidas crecían más rápidamente. Bueno, pero también uno tenía que rajar la ropa vieja y torcer las tiras

up old clothing into strips and twist them on a spindle before we could even start weaving.

I'm thinking about all this when my *abuelita* comes in carrying the sweater she's been crocheting. After taking a seat in the antique rocker, which was one of the only pieces of furniture we brought down from her house in Coyote, she asks me how I am.

I don't want her to think I spend all my time whining, but before I know it, I'm complaining about my mother again. "She doesn't let me rest for one minute, *abuelita.*"

"Be patient, *hija.* Someday you'll realize the two of you are as alike as a pair of raindrops," she says in a voice as soft as her hands that are so incredibly old and yet remind me of a baby's skin.

"Remember, it's not easy to raise a family all by yourself," she goes on. "*Pobrecita tu mamá,* she works so hard at the hospital, and now here I am, giving her even more work."

"No, *abuelita,* you're no trouble at all," I manage to say through my embarrassment. Both of us work in silence for a few moments, she with her crochet hook and I with the shuttle while my insides are twisting up like the rags we used to weave. I feel terrible at having upset my *abuelita.*

The only sounds in the room are the rhythmic beating of the loom and the creaking of the ancient rocking chair. At last, my *abuelita* breaks the silence.

"I love listening to the music of the looms. It reminds me so much of my *tata.* "

"Your father was a weaver?"

"*Sí, mija.* He was the main weaver in San Gabriel back in those days. I used to help him when I was little, mostly to get the wool ready, *tú sabes,* carding, spinning, and even dyeing with the herbs we used to collect in the *campo.* "

"So you used to use *yerbas* to dye your wool?"

"Oh yes, and we used to get such beautiful colors with *cota* and snakeweed. For blue we'd use indigo—we used to buy that. We'd also buy cochineal and brazilwood—that's what we'd use for reds and pinks.

de material en un malacate antes de empezar a tejer. En eso estoy rumiando cuando mi abuelita entra con el suéter que ella está tejiendo con ganchillo. Después de sentarse en la antigua mecedora que fue uno de los únicos muebles que trajimos de su casa en Coyote, me pregunta cómo me encuentro. No quiero que piense que me la paso lloriqueando, pero dentro de poco estoy quejándome de mi mamá como siempre. —No me deja vivir, abuelita.

—Ten paciencia, hija. Algún día entenderás que se parecen como dos gotas de agua —me dice con la voz tan suave como la piel de sus manos, una piel viejísima que me recuerda sin embargo de la de un bebé.

—Acuérdate que no es fácil mantener a una familia sola como ella lo hace, pobrecita tu mamá, tanto que trabaja en ese hospital —continúa mi abuelita, añadiendo—, y ahora yo aquí, dándole hasta más trabajo.

—No abuelita, usted no nos da nada de trabajo —le digo con bastante vergüenza. Calladas, las dos seguimos tejiendo, ella con el ganchillo y yo con la lanzadera mientras que mis entrañas se me tuercen como si fueran garras tejidas, pues me siento muy mal por haber inquietado a mi abuelita.

Los únicos sonidos en el cuarto son el golpe rítmico del peine del telar y el crujir de la vieja mecedora. Por fin mi abuelita rompe el silencio.

—Me encanta escuchar la música de los telares. Me recuerda muncho de mi tata.

—¿Su padre fue tejedor?

—Oh sí, mija. El tejía para todo el pueblo de San Gabriel en aquel entonces. Yo le ayudé cuando era mediana, más muncho en la preparación de la lana, tú sabes, cardando, hilando, y hasta tiñiendo con las yerbas del campo.

—¿Usaban yerbas para teñir su lana?

—Oh sí, sacábamos unos colores muy lindos con la cota y la escoba de la víbora. Para el azul usábamos el índigo—eso sí comprábamos. También había cochinilla y palo de brasil—esos usaba uno para sacar el colorado y el color de rosa.

"Later on, my *tata* taught me how to weave, even though it was the men who used to work the looms in those times. And when I had my own family, I also taught all of my children to weave, but Zulema was the only one who kept up an interest in it."

I knew my father had learned to weave from my *tía* Zulema; in fact, my late aunt used to own the *telar* I'm using now, this old loom made out of rough lumber. But I had never asked myself how my *tía* first learned to "dance on the loom," as she liked to say.

"So you see, these threads are woven in your blood, *hija,*" says my *abuelita*. I'm sure she's right, but, even so, I'd rather be pulling on my filly's reins at the moment.

Since I can't say that to my *abuelita,* I decide to change the subject. "*Abuelita,* did you hear the story Tomás was just telling me about Whazamatter?"

"*¿De quién, mija?*"

"You know, *abuelita,* that old guy who's always walking around everywhere."

"Oh, you mean Arsenio."

"Arsenio?" I repeat in amazement. I guess it never occurred to me that the wild-haired *viejo* might have a name. After telling my *abuelita* the crazy story of the stick-up that went bad, I can't help commenting on my brother's new-found courage.

"Tomás used to be scared to death of that tramp. Of course, back then I used to tell him that the *Llorona* had bewitched Whazamatter. And Tomás was brainless enough to believe me."

"But it's true, *hija.*"

"*¿Qué, abuelita?*" I ask, stopping short in the middle of a laugh.

"*Sí embrujaron al pobre,* but it wasn't the *Llorona* who bewitched him. Would you like to hear what happened?"

"Sure!" I reply, getting off the loom to give my full attention to the story.

—Después mi tata me enseñó a tejer, aunque los hombres eran los que tejían en aquellos tiempos. Ya cuando tenía mi propia familia, también enseñé a mis hijos a tejer, pero la Zulema fue la única que se interesó en los telares.

Yo sabía que mi papá había aprendido a tejer de mi tía Zulema, pues este telar viejo de palos brutos que uso ahora era de mi difunta tía. Pero nunca me había preguntado cómo ella había aprendido a "bailar en el telar", como solía decir.

—Ya ves cómo los hilos corren por tu sangre, hija —me dice mi abuelita, y puede tener razón, pero siempre preferiría tirar de las riendas de mi potranca en este momento.

Sin poder decirle eso a mi abuelita, mejor cambio de tema.

—Abuelita, ¿no oyó la historia que el Tomás me acaba de platicar de ese Guazamader?

—¿De quién, mija?

—Usted sabe, abuelita, ese viejo que anda siempre en las calles.

—Oh, quieres decir el Arsenio.

—¿El Arsenio? —repito con sorpresa, pues nunca se me había ocurrido que ese greñudo pudiera tener nombre.

Después de contarle a mi abuelita la historia estrambótica del robo frustrado, no puedo menos que comentar sobre el nuevo valor de mi hermanito.

—Antes el Tomás le temía a ese trampe. Bueno, en aquel entonces yo le decía que la Llorona le había embrujado al Guazamader, y el zonzo de Tomás me creía.

—Pero es verdad, hija.

—¿Qué, abuelita? —le pregunto, dejando de reírme.

—Pos, sí embrujaron al pobre, pero no fue la Llorona la que lo fregó. ¿Quieres que te cuente la historia?

—¡Claro! —le contesto, apeándome del telar para mejor escuchar la historia.

"You probably won't believe it, but long ago Arsenio was a rich man. He was Mr. Otero's older brother."

"The owner of the curio shop?"

"That's right. *Bueno,* back then Arsenio had a lot of property. That family has always been pretty well-off, I guess—their father bought the first automobile in these parts.

"The story is, there was a woman named Pilar who was very jealous of Arsenio. Everybody said she was a witch. I don't know, but her mother Ninfa had the same reputation, and like they say, *De tal palo tal estilla*—A chip off the old block.

"Anyway, a lot of people believe Arsenio's hand dried up because of some curse, but it's not true. He was born that way, and there wasn't a thing wrong with him until that *bruja* decided to hurt him.

"Pilar claimed that one of Arsenio's ranches really belonged to her because the Oteros had stolen it from her mother. You probably know the place, that abandoned ranch over by my son Herculano's place."

"*¿El Rancho de las Brujas?*"

"*Sí, mija.* Well, that was just a pack of lies that Pilar was telling. Everybody knew that her mother had sold that place to old man Otero. And she must have sold it for a good price, too, because afterwards it seemed like she had money to burn. She never moved out of her old shack, but let me tell you, Ninfa wore nothing but the finest clothes. And her jewelry—well, you wouldn't believe how expensive it was!

"She must have spent all that money because when she died, she left her daughter without a penny to her name. That's why Pilar tried to get something out of the Oteros, and she even ended up taking Arsenio to court.

"They say that right there outside the courthouse, Pilar offered a cigarette to Arsenio. He shouldn't have smoked it, but I guess he wasn't afraid of her.

"God only knows what she had put in that *cigarro,* because just as soon as Arsenio smoked it, he started to feel pinpricks all over his body. By the time they got inside and began the hearing,

—Tal vez no lo vayas a creer, pero más antes el Arsenio era un hombre rico, pos es el hermano mayor del señor Otero.

—¿El dueño de la tienda de curiosidades?

—El mesmo. Bueno, en aquel entonces el Arsenio tenía bastante propiedad. Esa gente siempre ha tenido dinero quizás, pos su padre compró el primer automóvil que hubo en estas partes.

—El cuento es que había una mujer, Pilar se llamaba, y ella le tenía muncha envidia al Arsenio. Todo el mundo decía que era bruja. Bueno, la Ninfa tenía la mesma reputación—ésa fue su madre, ve, y como dicen, de tal palo tal estilla.

—De todas maneras, munchos piensan que al Arsenio se le secó la mano a causa de la brujería, pero no es cierto. El nació así, y estuvo muy bien hasta que a esa bruja se le metió en la cabeza hacerle mal.

—Izque la Pilar reclamaba que uno de los ranchos de Arsenio le pertenecía a ella porque los Oteros se lo habían robado a su madre. Tú conoces el lugar, yo creo, aquel rancho abandonado que queda cerca a la propiedad de mijo Herculano.

—¿El rancho de las brujas?

—Sí, mija. Bueno, era pura madera lo que la Pilar decía. Todo el mundo sabía que su madre le había vendido ese lugar al viejo Otero, y muy bien vendido también, pos después parecía que tenía dinero para tirar para arriba. Vivía en un jacal, eso sí, pero la Ninfa siempre andaba bien vestida con unas joyas como no te las puedes imaginar.

—Gastaría todo el dineral quizás, porque cuando murió, dejó a su hija bien arruinada. Por eso la Pilar les había caído a la familia Otero, y hasta demandó al Arsenio.

—Izque afuera de la casa de corte, la Pilar le ofreció un cigarro al Arsenio. El no debe haberlo fumao, pero quizás no le tenía miedo.

—Quién sabe qué echaría en ese cigarro porque tan pronto como lo fumó, empezó a sentir piquetes. Ya para cuando entraron, el pobre estaba como azonzado. *"What's the matter?"* —

Arsenio was in a daze. 'What's the matter?'—the judge asked him, but Arsenio couldn't answer with all the invisible needles sticking him everywhere.

"He's never had a moment of peace since that day. That's why he's always walking, you see. But before then, he had an easy life, just so you see how things can happen, *hija.*"

∼

"What do you think of that, Asia?" I say after I finish telling her the story of Whazamatter. I'm sure people would think I was crazy if they saw me talking to my horse. Some would also make fun of me for believing my *abuelita's* story, but I don't care. They can think what they want, but I know there are some things that just can't be explained in this world.

Like what happened to me when my father died. That evening, I was dreaming I was on a beach, but when I woke up in the middle of the night, I could still hear the sea. It sounded like invisible waves were washing up against my door.

I know I was awake because the crashing of the waves lasted for a few minutes. Then, gradually, the sound faded away like an ebbing tide.

A few days later, the telegram arrived informing us that my father was "missing in action," and even though I was only five years old at the time, I understood what had happened. My father had come to say goodbye to me that night. He had come on the waves of the same sea that had taken him so far away from us.

And so I do believe that witches exist, though I think sometimes the old people tell us stories just to scare us. The legend of the *Llorona,* for instance, that story about the spirit of the woman who weeps by the river for the children she killed—I think it's told mostly so kids won't get too close to the water and drown.

Some people say they've heard the *Llorona* crying here at this river, but I think it's actually the spirits of the people who have died in San Gabriel. After all, that's what the river is called—*el Río de las Animas*—the River of the Spirits.

le preguntó el juez, pero el Arsenio no podía contestar, pos era como si le estuvieran picando por todo el cuerpo con agujas.

—Desde entonces no ha podido descansar. Por eso se la pasa andando. Pero antes la tenía hecha, para que veas cómo pasan las cosas, hija.

∿

—¿Cómo te parece, Asia? —le digo al terminar de contarle lo del Guazamader. Me verían como una tonta si supieran que le hablo a mi potranca. Muchos también se burlarían de mí por haber creído la historia de mi abuelita, pero no me importa. Digan lo que digan, yo sé que no todo se puede explicar lógicamente en este mundo.

Como lo que pasó cuando murió mi papá. Aquella noche soñaba con estar en una playa, pero cuando me desperté en plena noche, todavía podía oír el mar, como si unas olas invisibles azotaran la puerta.

Sé que estaba despierta porque el estruendo de las olas duró varios minutos hasta que poco a poco se fue disminuyendo como una marea menguante.

Unos días después llegó el telegrama informándonos que mi papá había "desaparecido en combate", y aunque sólo tenía cinco años, ya entendía lo que había pasado. Mi papá había llegado a despedirse de mí aquella noche. Había venido por el mismo mar que se lo había llevado tan lejos de nosotros.

Así que sí creo que hay brujas, aunque algunas de las historias que nos dicen los mayores serán solamente para espantarnos. La leyenda de la Llorona, por ejemplo, ese cuento del fantasma de la mujer que se escucha llorando en el río por los hijos que mató, pues a mí se me hace que se cuenta para que los niños no se acerquen a los ríos donde podrían ahogarse.

Hay los que dicen que han oído a la Llorona aquí en este río, pero creo que mejor serán los espíritus de la gente que ha muerto en San Gabriel. Al cabo que así se llama—el Río de las Animas.

Maybe that's why I don't get scared when the wind starts wailing through the oaks. In fact, this river that winds through the eroding mesas always calms me down.

"And we come here all the time, don't we, Asia?" I say as we ride along the banks of the river and I think about all my problems.

I don't know why my life has gotten so complicated lately. I never used to fight with my mother, but now it seems like that's the only thing we do.

The trouble is she always insists on treating me like a child. Like this thing with the weaving: I had already decided to finish the *conguita* before going out this afternoon. But when my mother started scolding me, it just made me want to quit weaving right away.

Why can't we talk to each other like we used to? Of course, I could ask the same question about Lori. We don't talk anymore either.

I understand that Lori's feeling hurt, and I don't want to lose our friendship, but I don't want to give up Loren either. It's so nice to have a boyfriend in high school, someone you can walk with and talk with so you don't feel so isolated and alone.

"I'll call Lori up tonight, Asia, so she doesn't...."

My sentence hangs half-spoken in the air because suddenly I see a young guy sitting on an overhang at the side of the river. At first, it's just embarrassment that catches my tongue, but there's something in his manner that keeps me from talking.

He doesn't say anything either. In fact, he doesn't even wave. But he does stare at me as I trot past.

He's dark and slender. I think he's Indian, with his long, black hair tied back in a ponytail. But I'm not really paying attention to any of that.

All I can see are his bottomless eyes that make me feel so dizzy I have to hold on to Asia's mane to keep from falling off. And the strangest thing of all is that, even after I've left him behind, I can still see those eyes looking back at me.

Tal vez por eso no me asusto cuando el viento empieza a llorar por los encinos. En efecto, este río que serpentea por las mesas erosionadas me tranquiliza mucho.

—Y pa'cá venimos muy seguido, ¿no, Asia? —le digo, poniéndome a pensar en mis problemas mientras andamos por la ribera del río.

No sé por qué la vida se ha puesto tan complicada. Antes no peleaba tanto con mi mamá. Ahora parece que no hacemos más que pelearnos.

Es que ella insiste en tratarme como si fuera una niña. Como ahora con la conguita: yo ya había decidido acabarla antes de salir esta tarde. Pero cuando mi mamá comenzó a regañarme, hasta ganas me dieron de dejar el telar.

¿Por qué no podemos hablar como antes lo hacíamos? Bueno, lo mismo pudiera decir de Lori. Ya no hablamos tampoco.

Entiendo que ella está sentida, y no quiero perder nuestra amistad, pero tampoco quiero perder a Loren. Es tan suave tener un novio en la escuela, alguien con quien andar y platicar para que no se sienta una tan solitaria.

—Voy a llamar a Lori esta noche, Asia, pa'que no se....

La frase queda suspendida en el aire porque de repente veo a un joven sentado en una barranca al lado del río. Al principio es por vergüenza que pierdo el habla, pero hay algo en su manera que me mantiene callada.

El tampoco me habla, ni siquiera me saluda. Pero sí me mira fijamente mientras paso por delante de él.

Es moreno y delgado. Creo que es indio, pues tiene su largo cabello negro amarrado atrás en una cola de caballo. Pero no presto mucha atención a eso.

Sólo veo sus ojos insondables que me marean hasta tal punto que tengo que asirme de las crines de Asia. Pero lo más raro es que ya que lo he dejado atrás, sigo mirando esos ojos mirándome a mí.

four

The One I Was Waiting For

"Look, you don't have to explain anything to me," Lori tells me when I sit next to her in the cafeteria.

"I just wanted to tell you why I'm not eating with Loren today...."

"I've thought about it a lot," Lori interrupts me, using her fork to toy with the green beans on her plate. "You have every right to go out with Loren."

When she says that, I can't help laughing out loud.

"What's so funny?" she asks, a little defensively.

"No, it's just that...well, you finally give me your blessing and now I don't want to get married anymore."

"Married?"

"I mean, I'm not interested in your brother anymore. I've found someone else."

"Really?" Lori replies with excitement in her voice. "Who is it?"

"Have you seen that new guy, the Indian?"

La person a quien esperaba

—Mira, no me tienes que explicar nada —me dice
Lori cuando me siento con ella en la cafetería.

—Sólo quiero decirte por qué no estoy comien-
do con Loren hoy....

—Lo he pensado muncho —me interrumpe,
usando su tenedor para jugar con los ejotes verdes
en su plato—. Tú tienes todo el derecho de salir
con el Loren.

Al escuchar eso, no puedo contener la risa.

—¿Por qué te ríes? —pregunta ella, un poco a
la defensiva.

—No, es que...por fin me das la bendición, y
ya no quiero casarme.

—¿Qué?

—Bueno, quiero decir que tu hermano ya no
me importa tanto. Ya me interesa otro.

—¡No me digas! —responde Lori, animán-
dose—. ¿Quién es?

—¿No has visto a ese chico nuevo, el indio?

"You like him?" she asks, pushing her plate aside that's inedible anyway. "Isn't he a senior?"

"I think so. He's certainly more mature than the boys in our class. What's more, he's really good looking."

"And pretty dark too..." Lori blurts out. I can tell she's sorry she let that one slip out because she hurries to add: "I mean, he's not really my type...but if you like him...."

"There he is now!" I exclaim, saving her for the moment.

"Well, go over there and talk to him," Lori says, gesturing with her left hand, the one with rings on every finger.

"I can't."

"Why not?"

"I'm afraid," I say, watching him standing there in line.

"Afraid? You?" Lori says with disbelief. "But you're not afraid of anything.

"Weren't you riding on a horse almost before you could walk? And what about Sister Bruno? Don't you remember how you used to stand up to her? Well, we both must have had cast-iron butts, with all the spankings she used to give us with her big stick."

"All the spankings she used to give *me,*" I correct my friend, remembering how Lori was usually the one who cooked up our little escapades, but she rarely received any of the punishment from the rotund nun who, I'm sure, never forgot that Lori's dad was one of the major contributors to our parochial school.

"You weren't even afraid of God," she continues, without raising any objections to my observation, a sure sign she knows I'm right. "I still remember that day we were playing on the swings at the holy-roller church and you yelled out, 'Okay, God, if Sister Bruno is right, strike me down now with a bolt of lightning!'"

"But don't forget I had my scapular on...just in case," I say, arching my eyebrows ironically. "I always used to wear those brown scapulars—do you remember them?"

—¿El te interesa? —pregunta, apartando el plato de ejotes que de todas maneras son incomibles—. ¿Que no está en el último año?

—Creo que sí. Es muncho más maduro que los chamaquitos de nuestra clase. Además, es muy guapo.

—Y muy negro también... —empieza Lori, pero de una vez se arrepiente de haberlo dicho—. Quiero decir, no es mi tipo...pero, si a ti te gusta....

—¡Ahí está! —exclamo, permitiendo que ella se salve por el momento.

—Pos, ve y háblale —dice Lori, haciendo un ademán con la mano izquierda, la que tiene anillos en todos los dedos.

—No puedo.

—Y, ¿por qué no?

—Le tengo miedo —digo, mirando a él parado en la cola.

—¿Miedo? ¿Tú? —dice Lori incrédula—. Tú no tienes miedo de nada.

—¿Que no subites en un caballo cuando eras tan muchita que apenas podías andar? —sigue—. Y ¿qué de la Hermana Bruno? ¿No te acuerdas de cómo le echabas sus papas a ella? Bueno, las dos tendríamos nalgas de acero, tantos golpes que nos daba con su vara.

—A mí me daba —le corrijo, recordando que la mayor parte del tiempo Lori era la autora de nuestras desgracias, pero muy rara vez recibía el castigo que imponía la monja gorda. Al fin y al cabo, el padre de Lori era uno de los mayores contribuidores a la escuela católica.

—Hasta a Dios no le tenías miedo —sigue ella sin tratar de defenderse de mi observación, pues sabrá que tengo razón—. Me acuerdo de ese día que estábamos jugando en los columpios de la iglesia de los aleluyas y tú gritates, "Dios, si es que la Hermana Bruno tiene razón, pégame ahora con una centella".

—Pero tenía mi escapulario puesto...por si acaso —le digo, alzando las cejas irónicamente—. Siempre usaba esos escapularios de color café, ¿te acuerdas de ellos?

"Sure do, girl. They were the ugliest of them all, but if you died when you had one of those on, you'd go straight to heaven." Lori gives one of her usual screeching laughs, a laugh that always makes me laugh too.

But I quit when I realize he's passed through the line and now he's coming towards our table.

"Oh no! He's coming over here!"

"Want me to leave?" asks Lori.

"No!" I reply, almost begging her. And before she can object, here he is, with his plate in his hand, greeting us, and both of us returning his hello at the same time like a couple of nerds.

"Do you mind if I join you?" he asks. In a deep, melodic voice, I think, already taking mental notes.

"No," we respond, in unison once again. He must think we're just a pair of silly airheads.

Realizing, I guess, that my emotions have gotten the better of my voice, Lori takes the reins in her hand, asking him what he thinks about the school and warning him about those green beans.

When the three of us finish sharing a laugh at the expense of the cooks, I gather up my courage and ask, "Wasn't that you I saw down at the river the other day?"

"Yes," he replies, disarming me with his radiant smile. That smile was for me, I think, still taking notes. "I like to go to the river to draw."

"I like the river too," I say too quickly. Why am I trembling all over?

"Well, I've gotta get my books before the bell rings," Lori announces.

"Me too," I say, standing up with her.

"Why didn't you stay?" Lori asks me as we leave the cafeteria. "I was trying to help you out."

"I know," I say, catching a last glimpse of him before we pass through the door. "But I was too embarrassed to stay by myself with him."

—Sí, muchacha. Eran los más feos pero si morías cuando lo traibas puesto, ibas derecho al cielo —observa Lori con la risa alta que es tan suya, una risa que siempre me hace reír.

Pero se me acaba la risa cuando me doy cuenta de que él ya ha pasado por la fila y ahora se acerca a nuestra mesa.

—¡Oh no! ¡Viene pa'cá!

—¿Quieres que me vaya? —pregunta Lori.

—¡No! —le digo en un tono suplicante. Y antes de que ella pueda protestar, aquí está él con el plato en la mano, saludándonos, y las dos devolviéndole el saludo al mismo tiempo como unas tontitas.

—¿No les molesta que me siente aquí? —pregunta él. Tiene la voz baja y meliflua, pienso, ya tomando apuntes mentales.

—No —las dos respondemos, otra vez al unísono. Pensará que somos un par de adolescentes.

Quizá notando que me he quedado muda de emoción, Lori empuña las riendas, pidiéndole a él su opinión de la escuela y amonestándole acerca de esos ejotes verdes.

Cuando los tres dejamos de burlarnos de las cocineras, hago de tripas corazón y le pregunto, —¿Fuites tú el que vide junto al río el otro día?

—Sí —responde, desarmándome con una sonrisa brillante. Esa sonrisa sí era para mí, pienso, siguiendo mis anotaciones—. Me gusta ir al río para dibujar.

—A mí también me gusta el río —digo demasiado rápidamente. ¿Por qué no puedo controlar estos temblores?

—Bueno, tengo que recoger mis libros antes de que se repique la campana —dice Lori.

—Yo también me voy —digo, levantándome también.

—¿Por qué no te quedates? —me pregunta Lori cuando salimos de la cafetería—. Intentaba ayudarte.

—Yo sé —digo, echándole a él un último vistazo antes de pasar por la puerta—, pero me dio vergüenza quedarme a solas con él.

"You really *are* in love, *chica*," Lori says, looking at me with an expression as intense as....

"Oh, I can't believe it!"

"What?" asks Lori.

"I forgot to ask him his name!"

∾

"*Abuelita*, do you believe in love at first sight?" I ask as I sit down at the table with her. I've finished washing the dishes, my mother is at work, and Tomás is locked up in his room with his music. Now it's our time, just my *abuelita* and me.

"What's the matter, *hijita?* Are you still having problems with your friend and her brother?" she replies, picking up her crochet hook again. That's the way my *abuelita* is—she always has to have her hands busy.

"No, *abuelita*, it's someone else. I saw him at the river, and I don't know what happened, but ever since then, I haven't been able to think of anything else. Only him."

Without speaking a word, my *abuelita* fixes her eyes on mine. A very strange sensation comes over me. It's as if I'm watching everything in slow motion—even the hands on the clock seem to have stopped moving.

Then something even more incredible happens. A cool breeze moves through my hair, caressing my face. But where is that breeze coming from when all the windows are closed?

"*Hija*," my *abuelita* says at last, "I'm going to tell you a story. For years I've wanted to share it with somebody, and now I realize you are the one I've been waiting for.

"To answer your question, yes, I do believe in love at first sight, and I'll tell you why. I also fell in love with just one look."

"Really? Tell me about it, *abuelita*. I never knew my *grampo*, you know."

Maybe I shouldn't have said that because my *abuelita* falls silent again. But, then a smile begins to light up her face like the sun sparkling over the surface of the river.

—Pero tú sí estás bien enamorada, chica —me dice Lori, mirándome con los ojos tan intensos como los de....

—¡Ay, no lo puedo creer!

—¿Qué? —pregunta Lori.

—¡Se me olvidó preguntarle su nombre!

~

—Abuelita, ¿cree usted en el amor a primera vista? —le pregunto al sentarme en la mesa con ella. He acabado de fregar los trastes de la cena, mi mamá está en el trabajo, y Tomás se ha encerrado en su cuarto con su música. Ahora es nuestro tiempo, sólo mi abuelita y yo.

—¿Qué pasa, hijita? ¿Todavía tienes problemas con tu amiga y su hermano? —responde, tejiendo con ganchillo otra vez, pues siempre tiene que tener las manos ocupadas.

—No abuelita, es otro joven. Lo vide allí en el río, y no sé qué pasó, pero desde entonces no he podido pensar en otra cosa. Solamente en él.

Sin decir palabra, mi abuelita se me clava la vista. Tengo una sensación muy extraña, es como si todo lo estuviera mirando a cámara lenta. Hasta las manecillas del reloj parecen haberse parado.

Luego pasa algo aún más incomprensible. Una brisa fresca mueve por mi cabello, acariciándome la cara. Pero ¿de dónde vendrá si están cerradas todas las ventanas?

—Hija —dice mi abuelita al fin—. Te voy a contar una historia. Hace munchos años que he querido compartirla con alguien, y ahora entiendo que tú eres la a que esperaba.

—Para contestar tu pregunta, sí creo en el amor a primera vista, y te digo por qué. A mí también me enamoraron con una pura mirada.

—¿De veras? Platíqueme todo, abuelita. Yo nunca conocí a mi grampo.

Quizá no debo haber dicho eso, porque mi abuelita vuelve a guardar silencio. Luego una sonrisa empieza a iluminar su cara como el sol que se asoma sobre el agua del río.

"*Hija,*" she says in a voice that…how can I explain it? It's almost as if her voice, too, is full of light. "I'm going to start from the very beginning.

"I still remember the first time I saw him. It was at a dance. I didn't even know his name at the time, but I saw him there playing his guitar. He was a *músico*.

"*Bueno,* I liked him so much that I just stood there staring at him. Finally, he looked up and saw me. My heart nearly stopped right then and there."

Once again, my *abuelita* grows quiet, leaving me hanging. I can't find the words for the questions inside me, so I simply ask my *abuelita* if she liked to dance. The important thing, after all, is to keep her talking.

"*Oh sí, mija!*" she replies, her own eyes dancing with joy. "There was nothing I loved better than dances! If only you could have known how much fun we used to have.

"It wasn't like nowadays when everyone jumps around like chickens with their heads cut off. Back then, there were so many beautiful dance steps, like *la cuna* and *el chotis,* and that one we called *la varseliana,* you know, 'put your little foot right there.'

"I loved to dance that one. To tell the truth, I loved everything about the *bailes,* but a lot of times my *tata* wouldn't let me go."

"Was he really strict with you?"

"*Sí, mija. Bueno,* he wasn't any worse than the rest of the fathers. That's just how it was back in those days.

"So it wasn't very easy to have a boyfriend. It was only at the dances that we got the chance to see any boys, and even then, it was always from a distance.

"If you were lucky enough to get to go to the dance at all, you'd have to dance with all of your relatives first. I remember my *tío* Tranquilino always used to take me out to dance. He was all bent over with age, but he sure loved to kick up his heels!"

"So they wouldn't even let you dance with your boyfriend?" I ask, struggling to imagine that world so different from my own.

—Mira, hija —dice en una voz que...¿cómo explicarlo? Es como si de algún modo también estuviera cargada de luz—. Vamos a empezar desde el principio.

—Todavía me acuerdo de la primera vez que lo vide. Fue en un baile. Ni siquiera sabía su nombre en aquel entonces, pero ahí lo vide tocando su guitarra. Era un músico, ve.

—Bueno, me cayó tan bien que pasé un buen rato mirándolo no más. Luego él levantó la vista y me miró a mí. Se me escapó de parar el corazón.

Una vez más se calla, dejándome en ayunas. Sin saber cómo formular las preguntas que le quisiera hacer, simplemente le pregunto si le gustaba bailar, pues lo importante es que siga la historia.

—¡Oh sí, mija! —responde, sus mismos ojos bailándole de alegría—. ¡Los bailes eran mi mero gusto! Si hubieras visto cómo nos divertíamos.

—No eran como los de hoy día que todos brincan como unas gallinas sin cabeza. En aquel entonces había munchas piezas murre bonitas, como la cuna y el chotis, y ésa que le decían la varseliana, tú sabes, *put your little foot right there.*

—Cómo me gustaba bailar ésa, bueno todo lo de los bailes me gustaba, pero munchas veces mi tata no me dejaba ir.

—¿Fue muy estricto con usted?

—Sí, mija. Bueno, no fue peor que los demás padres. Asina eran todos en aquellos tiempos.

—De modo que no era nada fácil noviar. Solamente en los bailes podíamos medio juntarnos con los muchachos, pero no muncho.

—Y si tuvites la buena suerte de ir al baile, primero tenías que bailar con los parientes. Me acuerdo que siempre me sacaba a bailar mi tío Tranquilino. Ya era todo corcovado, tan viejo que era, pero ¡cómo le gustaba tirar chancla!

—¿Ni permitían que bailaran con sus novios? —pregunto, tratando de comprender ese mundo tan distinto al mío.

"Once in a while, but you always knew the old aunts had their eyes on you. We also weren't permitted to talk to the boys, but we had a little trick for that."

"What kind of trick?"

"Well, all us girls got in the habit of chewing gum. That way, while you were working your jaws chewing the gum, you could always slip in a word or two without anyone noticing.

"Of course, I couldn't even do that since he was playing in the band. The *conjunto* was several brothers and their uncle. They used to play for all the *bailes* here in San Gabriel."

"I didn't know my *grampo* played an instrument."

"It wasn't your *grampo, hijita.*"

Now I'm the one who feels like her heart has stopped. "But ...?"

"I loved your *grampo* very much, *hija,* I want you to understand that. But his brother David was the *músico* that I fell in love with."

"His brother?"

"*Sí, mija.* David was my first love."

—En veces sí, pero ahí estaban las tías mirándote todo el tiempo. También era prohibido hablarles a los muchachos, pero nosotras teníamos un trique para eso.

—¿Qué fue?

—Pos todas agarramos la maña de mascar chíquete. Y asina mascando, podías meter una que otra palabra sin que naidien se diera cuenta.

—Bueno, pero ni eso podía hacer yo con él tocando en el conjunto. Eran varios hermanos y un tío, ve, y tocaban para todos los bailes aquí en San Gabriel.

—Yo no sabía que mi grampo tocaba un instrumento.

—No fue tu grampo, hijita. Ahora a mí se me para el corazón. —¿Pero...?

—Quería muncho a tu abuelo, hija, quiero que lo sepas bien. Pero su hermano David fue el músico que me enamoró.

—¿Su hermano?

—Sí mija. David fue mi primer amor.

five

The First Moon

I really like my *abuelita's* idea of adding a pinch of *yerba buena* to the chicken and rice. The mint adds flavor and makes the soup smell more appetizing.

Now if she could only show me an easier way to make tortillas, I think as I knead the dough, another one of my "obligations" now that my mother is working nights.

My *abuelita* is resting in her room. My brother has also been holed up behind a closed door for hours, and I'm starting to get a little anxious. It's not that I'm all that excited to see him, but I do have a lot to ask him.

"What's up, *carnala*," he says as he finally emerges from his disaster of a bedroom. "Making tortillas? *¡Qué milagro!* I thought you had forgotten how."

"Who are you to talk when you don't even lift a finger to..." I begin, but then I bite my tongue because I need some information.

———❦———

Qué buena idea ésta de mi abuelita de echar un poco de yerba buena en el arroz con pollo. Le da otro sabor, y el aroma es muy rico.

Ahora si me pudiera sugerir un modo fácil de hacer tortillas—pienso mientras amaso para la cena, otra obligación mía ya que mi mamá trabaja de noche.

Mi abuelita estará descansando en su cuarto. Mi hermanito también ha pasado varias horas tras una puerta cerrada, cosa que ya me está dando ansias. No es que tenga tantas ganas de verlo, pero sí tengo mucho que preguntarle.

—Quihúbole, carnala —dice, por fin saliendo de su revoltijo de un dormitorio—. ¿Echando tortillas? ¡Qué milagro! Pensé que ya se te había olvidado cómo.

—Y tú que ni mueves un dedo para....— empiezo, pero me muerdo la lengua, pues necesito información.

"What's that new guy's name, you know, the Indian?" I ask, getting straight to the point.

"Damián?"

"Damián," I repeat, as the name already starts echoing in my heart. *"Dime,* what were you doing with him after school— you and your buddy Miguel?"

"Well, he's Miguel's older brother, I guess."

"Really? But what do you mean, 'I guess?'"

"Bueno, Miguel never told me anything about an older brother before. *Izque* he came from California to finish up school here in San Gabriel.

"But to tell the truth, I can't really figure it out. Miguel calls him 'bro,' but this afternoon when I was over there I noticed Damián was talking to his parents by name. He didn't call them Mom or Dad."

"You were over there at their house?"

"Sure. You know I go over there all the time. Hey, how come you're so interested all of a sudden?" Tomás says with a curious glance.

"What part of California is he from?" I ask, interrupting him. "Did he say?"

"La Jolla. He said it was down in the southern part of the state, not far from Mexico, So tell me, are you after this guy or what?" Tomás asks, zeroing in on me. "What happened to your football star?"

"Loren isn't *my* anything," I reply, taking out my irritation on the dough.

"Ay, carnala, don't beat up so much on the dough—the tortillas are going to come out bruised," he says, enjoying himself as only a brother can.

"Listen," he continues with a teasing smile, "I'm on my way over there right now. If you want me to talk to him...."

Now he really has crossed the line. "Listen to me, Tomasito, and listen to me good," I tell him, grabbing him by the arm. "If you say even the slightest thing to him, I'm going to tell Mom about your friends."

—¿Cómo se llama ese chico nuevo, el indio? —le pregunto, yendo derecho al grano.

—¿Damián?

—Damián —pronuncio el nombre, ya empezando a repetirlo en el corazón—. Dime, ¿por qué andabas con él esta tarde después de la escuela—tú y tu cuate Miguel?

—No, pos es un hermano mayor de Miguel quizás.

—¿De veras? Pero ¿por qué dices "quizás"?

—Bueno, Miguel nunca me había dicho nada de un hermano mayor. Izque vino de California para acabar la escuela aquí en San Gabriel.

—No me lo puedo figurar —continúa Tomás—. Miguel le dice "bro", pero esta tarde que estuve allí, me di cuenta que Damián les hablaba a sus padres por nombre, tú sabes, no les decía ni papá ni mamá.

—¿Tú estuvites allí en su casa?

—Pos claro, ya sabes que voy pa'llá todo el tiempo —dice, añadiendo con una mirada curiosa—, pero ¿por qué estás tan interesada...?

—¿De qué parte de California es? ¿No dijo? —le interrumpo.

—La Jolla. Dijo que queda en el sur del estao, no lejos de México —responde Tomás, pero ya le he picado la curiosidad—. Oye, no me digas que andas tras él. ¿Qué pasó con tu futbolista?

—Loren no es nada mío —contesto, desquitando mi fastidio en la masa.

—Ay carnala, no golpees tanto la masa, que van a salir moretones en las tortillas —dice, disfrutando la situación como sólo lo sabe hacer un hermano.

—Mira, ahora mismo iba pa'llá. Si quieres que le hable....—sigue con una sonrisa burlona.

Ahora sí se ha pasado de la raya. —Escúchame, Tomasito —le digo, agarrándolo del brazo—, si tú le dices la más mínima cosa, le voy a hablar a mamá de tus amigos.

"*¿Qué amigos?*" he says, shaking his arm loose.

"You know, those *marijuanos.*"

"They're not *marijuanos,* they're musicians—and look what you've done! You messed up my shirt!" he cries, peering down at the greasy handprint on his shirt sleeve. He walks out fuming, but I know he's understood my threat.

As I finish kneading the *masa,* I consider waking up my *abuelita.* My mother's always complaining about how the *anciana* sleeps during the day and then stays up all night long.

Abuelita herself says it's just part of growing old. Everything gets reversed, she says—the day becomes night, and old age turns into infancy.

I finally decide to let both her and the dough rest for a while. These first few moments after the sunset are my favorite time of the day. There's such power in the twilight. It transforms these mesas and arid hills into a magical landscape.

Sitting at the kitchen table in front of the window, I lose myself in the colors the last light paints with its burning brush—the crimson sun burning itself out on the horizon, the amber clouds, everything bathed in a pink glow.

Damián, I say in the voice of my dreams, *name of sky and underground rivers, turquoise name, Damián.*

Murmuring the name as if it were the words to a song—or, perhaps, a spell—I notice the sliver of a moon that has appeared over the mountains in the eastern sky.

"It's the first moon, *hijita.*"

I start at my *abuelita's* words. I must have been so absorbed in my thoughts that I didn't even hear her enter the room.

"Everyone talks about the full moon," she says, "but this is the most powerful one, this first moon that appears after the darkness. You're wise to pin your hopes on it."

How is it she can read my very thoughts? This is what I'm about to ask my *abuelita* when she surprises me once again.

—¿Qué amigos? —responde, sacudiendo el brazo para librarse de mí.

—Tú sabes, esos mariguanos.

—No son mariguanos, son músicos—y mira, ¡ya me emporcates!

—dice, mirando la mano pintada en la manga de su camisa. Sale refunfuñando, pero sé que ha entendido la amenaza.

Acabando de amasar, pienso en despertar a mi abuelita. Mi mamá siempre se queja de cómo la vieja duerme durante el día y luego se desvela toda la noche.

Bueno, mi misma abuelita me ha dicho que eso es parte del proceso de envejecer. Todo se va quedando al revés, dice—el día se convierte en noche, y la vejez en la infancia.

Por fin decido dejarla descansar un poco, lo mismo como la masa. Al cabo que estos primeros momentos después de la puesta del sol son mis favoritos de todo el día. La luz crespuscular tiene mucho poder. Transforma las mesas y colinas áridas en un paisaje mágico.

Sentada en la mesa de la cocina, miro por la ventana los colores que la última luz pinta con su pincel encendido, el carmesí del sol que se consume en el horizonte, las nubes ambarinas, el mundo entero bañado de color de rosa.

Damián, digo con la voz de mis ilusiones, *nombre de cielo y ríos subterráneos, nombre de azul turquesa, Damián.*

Susurrando el nombre como si fuera la letra de una canción (o tal vez un hechizo), me doy cuenta de la rajita de luna que ha aparecido sobre las montañas en el cielo del oriente.

—Es la primera luna, hijita.

Me sobresalto con las palabras de mi abuelita, pues estaba tan absorta que no la había sentido.

—Todos hablan de la luna llena —continúa ella—, pero esta luna, la primera que aparece después de la oscuridad, ésta es la mera poderosa. Haces bien con poner tus esperanzas en ella.

¿Cómo es que puede adivinar mis pensamientos? Eso es lo que pienso preguntarle a mi abuelita cuando me vuelve a sorprender.

"Many years ago, I also spent long hours gazing through a window and thinking about my boyfriend.

"*Mira,*" she adds when she sees I don't know how to respond—"I'll continue my story while you make tortillas."

"*Bueno, abuelita,*" I say, starting to heat the *comal* and grabbing the rolling pin while she sits down at the opposite side of the table and begins to speak.

"One morning I was making tortillas, just like you are now, dreaming about my *músico,* like I told you. Just then, my father came in and said he had something to tell me.

"'My *compadre* Ezequiel has informed me that his son wants to ask for your hand in marriage,' he said.

"I was so happy I began to shout for joy because, you see, Ezequiel was David's father. When my *tata* saw the way I reacted, even he had to laugh. 'Well, I guess we won't be giving him any *calabazas* then, eh?' he said.

"There was no way I would have turned him down! If David had been there at that moment, I would have been willing to elope with him without a wedding or anything.

"*Bueno,* I was also happy because I knew that I was finally going to get out of that house. My *tata* was a good man, but he was so strict with me. And then there were all of his sisters sticking their noses in my business—my aunts who were always bossing me around.

"On top of that, I was so tired of taking care of all those kids, though now I realize my father must have known that my husband and I would raise my little sisters, the two youngest ones. Who knows, maybe that was the real reason he was ready to marry me off so young.

"But I wasn't worried about any of that back then. All I wanted to think about was my David and the life we would share.

"We'd be so happy together. Maybe we would even move to the capital where he could get a job playing his music. I'd never been to Santa Fe. *Ay, hija,* what dreams I had!"

—Hace munchos años yo también pasé horas mirando por una ventana y soñando de mi novio.

—Mira —añade cuando ve que no sé cómo responderle—, voy a seguir con mi historia en lo que tú echas tortillas.

—Bueno, abuelita —digo, poniendo el comal a calentar y sacando el bolillo mientras que ella se acomoda en una silla al otro lado de la mesa y empieza a hablar.

—Una mañana estaba echando tortillas, lo mesmo como tú ahora, soñando de mi músico, como te dije. En eso entró mi tata y me dijo que tenía algo que decirme.

—"El hijo de mi compadre Ezequiel me ha informado que quiere pedirte la mano", me dijo.

—Eché a gritar, tanta era mi alegría, pos el Ezequiel era el padre de mi David. Al verme asina hasta a mi tata le dio una risa. "Parece que ni pena de darle calabazas, ¿eh?", me dijo.

—¡Qué calabazas ni calabazas! Pos, si el David hubiera estado ahí en ese momento, creo que me hubiera fugado con él sin casorio y sin nada.

—Bueno, también estaría contenta porque sabía que por fin iba a poder escaparme de esa casa. Era buen hombre mi tata, pero bastante estricto, y luego con sus hermanas tarre entremetidas—mis tías, ve, que siempre me querían mandar.

—Además de eso, ya estaba bien cansada de cuidar a tanta familia, aunque ahora se me hace que mi tata sabía que íbamos a criar a mis hermanitas, las dos chiquitas. Quién sabe si no fuera por eso que me casara tan pronto.

—Pero no me fijé en eso en aquel entonces. Sólo quería pensar en mi David, y en nuestra vida juntos.

—Estaríamos tan alegres los dos, pos tal vez pudiéramos mudarnos a la capital donde él pudiera tocar su música. Yo nunca había estado en Santa Fe, hija. Ay, ¡qué ilusiones tenía!

"*Ay!*" I echo my *abuelita* when I smell the smoke. I've gotten into her story so much that I've totally forgotten about the tortilla on the *comal.*

"That one's going to be mine," observes my *abuelita* who's always preferred burned tortillas. Well, a little burned, perhaps—but carbonized?

"*No, hija, no la tires,*" she says when she sees me about to throw the blackened tortilla away. Then she turns pensive: "You know, *hija,* a moment ago when I came in and saw you looking through the window, I had such a strange feeling. I felt like I was looking at myself, eighty years ago!

"I also had long, black hair like you, and they used to say I was pretty, *no sé.* I do know I was happy, making plans for my wedding.

"We didn't have much money back in those days, but we used to do such big weddings. They were beautiful ceremonies, not like these days that young people don't even bother to get married in the church. Back then, there was no such thing as a wedding without a Mass, and before that, we would always have the *prendorio.*"

"*Prendorio?* What was that, *abuelita?*"

"The *prendorio* was a get-together in the house of the bride-to-be. It was held so the new relatives could meet, even though they usually knew each other already.

"On that day the groom would bring gifts to his bride. Usually, it was a trunk filled with the things she would need to begin her new life as a wife, *tú sabes*—scissors, needles, pots and pans.

"And the day before the *prendorio,* it was also customary for the groom to bring a load of firewood to the bride's house for the fiesta—and good wood too, not a bunch of branches, as they say.

"Anyway, it so happened that I was at the window that afternoon, like you were a few minutes ago. I saw David coming with the firewood loaded in the horse-drawn wagon. I just sat there watching him unload the wood.

—¡Ay! —grito, haciéndome eco de mi abuelita al oler el humo. Su historia me ha cautivado tanto que se me ha olvidado voltear la tortilla en el comal.

—Esa sí va a ser mía —observa mi abuelita a quien le gustan las tortillas chamuscadas. Bueno, chamuscadas sí, pero ¿quemadas de todo?

—No hija, no la tires —me manda cuando aparto la pobre tortilla carbonizada. Luego se pone pensativa—: Sabes, hija, ahorita que entré y te vide mirando por la ventana, se me hizo tan extraño. Era como si estuviera mirándome a mí mesma, ¡ya hace ochenta años!

—Yo también tenía el cabello largo y bien negro como tú, y me decían que era linda, no sé. Alegre sí estaba, haciendo planes para el casorio.

—No había dinero en aquellos tiempos, pero hacíamos unas bodas grandes y murre bonitas, no como ahora que la plebe ni se casa en la iglesia. En aquel entonces no había casorio sin misa, y antes de eso siempre había prendorio.

—¿Prendorio? ¿Qué es eso, abuelita?

—Bueno, el prendorio se hacía en la casa de la novia. Era para que los nuevos parientes se conocieran, aunque munchas veces todos ya se conocían bien.

—En ese día era la obligación del novio traerle las donas a la novia. Casi siempre le traiba una petaquilla con cosas adentro, tú sabes, como ollas, tijeras, afileres—todo lo que ella necesitaba para empezar la vida de esposa.

—Y el día antes del prendorio también era costumbre que el novio le trajera a la casa de la novia una carga de leña para la fiesta, y buena leña también, no nomás charangas, como quien dice.

—De modo que aquella tarde yo me encontraba mirando por la ventana como tú ahora, cuando vide al David viniendo con la leña en el carro de caballo. Ahí me quedé mirándolo mientras vaciaba el carro.

"He was so handsome with very muscular arms. And even though he was pretty far away from me, I could still see his eyes. *Eran verdes, hija*—beautiful, green eyes."

With that, my *abuelita* pauses, as if she were seeing those eyes again in her memory. What would she say if she knew that I've also fallen under the spell of a pair of captivating eyes?

—Era muy guapo con los brazos bien formados. El estaba poco retirado de donde estaba yo, pero siempre le podía ver los ojos. Eran verdes, hija, verdes y bien bonitos.

Con eso, mi abuelita deja de hablar como si volviera a ver aquellos ojos en su memoria. ¿Qué diría si supiera que a mí también me ha cautivado un par de ojos encantadores?

"They sure let that poor coyote have it!" Lori exclaims as we walk to the football field for the opening game of the season.

We've just attended a pep rally in which the San Gabriel High School "Conquistador" chased around the Coyote High School mascot. We cheered on our "errant knight" as he used his plastic lance to poke at the "coyote" who ran howling through the gym with his tail between his legs.

"Sure did," I answer, though I could really care less if the Coyotes eat us alive in today's game. I'm only going in hopes of running into Damián.

"Listen, I want to ask you a favor," says Lori as she nearly dances a rumba trying to avoid the puddles left on the path from last night's downpour.

"What's that?" I ask, "dancing" as well, for this red mud is the stickiest in the universe.

"I'd like you to talk to Loren. He's been so down ever since you told him you only want to be

Como en los cuentos de hadas

———— ✤ ————

—¡Cómo le dieron en la torre a ese pobre coyote!
—exclama Lori mientras andamos a la cancha de
fútbol para el primer partido de la temporada.

Acabamos de asistir al pep rally en el cual el
"Conquistador" de la Escuela Secundaria de San
Gabriel le persiguió al "Coyote", la mascota de la
escuela de Coyote. Animamos a nuestro "caballero
errante" mientras usaba su lanza de plástico para
picotear al "coyote" que corría aullando por todo el
gimnasio con la cola entre las piernas.

—Sí —le contesto, pero la verdad es que no me
importaría si los de Coyote se nos comieran vivos.
Sólo voy al partido con esperanzas de ver a
Damián.

—Oye, te quiero pedir un favor —dice Lori, casi
bailando una rumba para esquivar los charcos que
el aguacero de anoche dejó en la vereda, pues este
lodo colorado será el más pegajoso del universo.

—¿Qué? —le pregunto, "bailando" también.

—Pos, quiero que le hables al Loren. Está bien
desanimado ya que le dijites que sólo quieres ser su

friends. Don't you feel even a little bit sorry for him? You know, he's the only freshman on the varsity squad this year, and he told me he was dedicating this game to you."

"I'm sorry, Lori, but I don't like him anymore, not as a boyfriend, I mean. It's not Loren's fault. It's just that I've fallen in love with Damián."

"Well, if you ask me, I think that Indian's too old for you," Lori remarks with disdain. "And he acts a little weird too, don't you think? I mean, he's always by himself."

"That's what I like about him. He's not like the other guys. There's something...I don't know, something mysterious about him."

"Speaking of mysterious," Lori begins, choosing her words as carefully as her steps, "what I'd like to know is how he ended up here in the first place.

"You know what they say?" she asks, answering her own question before I can tell her I'm not interested in hearing any gossip. "They say he had to leave California, and the reason he's here is because he's in hiding."

"And who told you that—Loren?" I ask in disgust, getting even angrier when I look down to see I've stepped right in the middle of a puddle.

It's gossip like this that makes me want to get out of San Gabriel, I think as I lean down to pull my tennis shoe out of the mud. I wish I lived in a place where people knew how to mind their own business.

"Hey, look who's over there," Lori says, pointing at Damián, who's leaning against the fence near the entrance of the football field. "Want me to hang around?"

"No, leave me alone."

"But what if the cat gets your tongue again?"

"Will you please get out of here!" I shout, blushing to realize my little outburst has caught the attention of Damián, who acknowledges me with a smile.

"Hi," I say as I approach him, wishing I could hide my muddy foot. "Damián, right?"

amiga. ¿Que no le tienes lástima? Sabes que es el único estudiante del primer año en el equipo de fútbol, y me dijo que este partido te lo quiere dedicar a ti.

—Lo siento, Lori, pero ya no lo quiero, no como novio. El no tiene la culpa. Es que me he enamorado de Damián.

—Pero ese indio está muy viejo para ti —dice Lori bastante molesta—. Además de eso, es un poco extraño, ¿que no se te hace? Quiero decir, siempre anda solo.

—Es lo que me gusta de él. No es como los demás chicos. Tiene algo de...no sé, algo misterioso.

—Bueno, hablando de eso —empieza Lori, escogiendo las palabras con el mismo cuidado con que anda—, lo que yo quisiera saber es cómo cayó acá.

—¿Sabes qué dicen? —pregunta, y antes de que le pueda decir que no quiero escuchar ningún chisme, continúa—: Dicen que tuvo que huir de California, y que vino pa'cá para esconderse.

—Y ¿quién te dijo eso, el Loren? —le contesto malhumorada, acabando de enojarme al meterme en un charco.

Es justamente por tales habladurías que me gustaría escaparme de este pueblito, pienso, agachándome para sacar mi zapato de tenis del lodo donde se ha quedado atascado. Quisiera vivir en algún lugar donde no todos tuvieran que meterse las narices en los asuntos de uno.

—Mira quién anda por allí —dice Lori, indicando a Damián que se encuentra apoyándose en la cerca junto a la entrada a la cancha de fútbol—. ¿Quieres que me quede contigo?

—No, déjame sola.

—¿Y si te quedas muda otra vez?

—¡Vete ya! —le grito, ruborizándome de vergüenza, pues veo que mi arrebato de cólera ha llamado la atención de Damián que me saluda con una sonrisa.

—Hola —le digo al acercarme a él, deseando que hubiera modo de ocultar mi pie enlodado—. Damián, ¿no?

"Yes," he replies, weakening my knees with that smile.

"My name is Crescencia Marta, but everyone calls me..."

"C. M.—yeah, I know."

"Are you going to the game?" I ask, trying to keep my emotions under control. He knew my name! He took the trouble to find out!

"Huh?" I have to ask. It's hard to hear when you have your heart pounding in your ears.

"I said I wasn't planning on going," he repeats, still studying me with his smiling eyes. "But if you're going, I'll tag along."

I feel a little calmer now that we're climbing the bleachers. Luckily, he keeps on talking while we find a seat on the top row.

"I'm not all that interested in football, not this kind of *fútbol*. Now soccer I do enjoy, but they don't have a team here."

"And how do you like school?" I ask, raising my voice to compete with the shouts of the spectators now that the game has begun.

"Fine. The teachers are pretty cool."

"Well, mine aren't...not Mr. González at least."

"What's the deal with him?"

"He just doesn't like me."

"And why do you say that?"

"Well, he never lets me talk in class. He only calls on the guys for answers to the problems, and most of the time I know more than they do."

"He's probably scared of you."

"Scared of me?" I say, frightened myself that Damián may be making fun of me. But, no—his eyes remain sincere. Breathtaking.

"Sure," he continues matter-of-factly. "A lot of men feel threatened by a confident female."

"And you?" I ask, surprised at my own courage.

"I think confident females the only ones worth knowing," he replies, setting off another round of thunder in my ears.

—Sí —responde, socavándome con esa sonrisa.

—Yo me llamo Crescencia Marta, pero todos me dicen...

—C. M., ya lo sé.

—¿Vas al partido? —le pregunto, tratando de controlarme. ¡Ya sabía mi nombre! ¡Se tomó la molestia de averiguarlo!

—¿Qué? —tengo que preguntarle. No he oído nada ya que tengo el corazón en los oídos.

—Dije que no pensaba ir —repite, aún mirándome con esos ojos risueños—. Pero si tú vas, te acompaño.

Me siento un poco más calmada ya que subimos al graderío. Afortunadamente, él sigue hablando mientras hallamos unos asientos en la fila más alta.

—Es que el fútbol no me interesa mucho, no este fútbol americano, al menos. El fútbol soccer sí me gusta. Pero no hay equipo aquí.

—Y ¿cómo te gusta la escuela? —le pregunto en voz alta, compitiendo con el griterío de los espectadores ya que el partido se ha iniciado.

—Muy suave. No me molestan los maestros.

—A mí sí...bueno, el profesor González sí.

—¿Qué hace él?

—Pos, creo que no me quiere.

—Pero ¿por qué dices eso?

—Nunca me deja hablar en la clase. Solamente a los muchachos les pide las respuestas, y munchas veces yo sé más que ellos.

—Te tendrá miedo.

—¿Miedo? —digo, temiendo que se hayan vuelto burlones sus ojos. Pero no—siguen siendo sinceros. Hermosos.

—Sí —continúa con tono prosaico—. Muchos hombres se sienten amenazados por una hembra inteligente.

—¿Y tú? —Me sorprendo a mí misma por la audacia de la pregunta.

—Son las únicas que valen la pena —contesta, provocando otra tronada en mis oídos.

"Gimme a C, gimme an O, gimme a N...." yell the cheer-leaders in their miniskirts, initiating a screaming dialogue with the crowd as it spells out the long name of our team: C-O-N-Q-U-I-S-T-A-D-O-R-E-S.

I'm also shouting for joy, but no one can hear me. And the name I'm spelling with these inner cheers belongs to the guy seated at my side.

"Did you grow up around here?" he asks.

"Yes—why do you ask?"

"Well, you seem different to me. I thought maybe you had grown up somewhere else."

"C. M.!" Lori yells up from her seat below. "Loren made a touchdown!"

I pretend not to hear her, but Damián asks: "Who's that?"

"Oh, that's my friend Lori, you met her...."

"No, the guy that made the touchdown....Loren?"

"Right—that's her brother, her twin brother, that's why she's so excited, but tell me something about yourself," I say without drawing a breath. "You haven't told me anything about your life."

"There's not much to tell," he answers, focusing his attention on Loren, who celebrates his goal by butting into his team-mates the way football players and bulls like to do.

"What do you mean? You haven't even told me where you're from. Now I know *you're* not from here...." I say in a stream of words intended to distract him.

"I'm from California," he replies, finally turning his head to look at me. "A place called La Jolla."

"That's in...," I begin, stopping in mid-phrase because I don't want him to know that, as well as knowing the name of the city, I've even looked it up in the atlas. "I mean, what part of California is that in?"

"In the south, near San Diego."

"I've been to San Diego."

"Really?" he says with a broad smile. "I *knew* you'd been in other places."

—*Give me a C, give me an O, give me an N...* —gritan las porristas en sus minifaldas, incitando un diálogo a gritos con la muchedumbre al deletrear el nombre bastante largo de nuestro equipo: C-O-N-Q-U-I-S-T-A-D-O-R-E-S. Yo también grito de alegría, pero nadie me puede oír. Y el nombre que deletreo a alaridos silenciosos es el del joven sentado a mi lado.

—¿Te criaste aquí? —me pregunta.

—Sí, ¿por qué preguntas?

—Pues, me pareces distinta, como si te hubieras criado en otro lugar.

—¡C. M.! —grita Lori desde su asiento más abajo—. ¡El Loren hizo un touchdown!

Me hago la sorda, pero Damián me pregunta siempre: —¿Quién fue?

—Es mi amiga Lori, tú la conoces....

—No, aquél que marcó el gol...¿Loren?

—Oh, es el hermano de ella, su cuate, por eso está tan emocionada, pero dime algo de ti —le digo sin respirar—. No me has dicho nada de tu vida.

—No hay mucho que decir —contesta, fijando su vista en Loren que celebra su gol chocándose con sus compañeros de equipo como lo suelen hacer los jugadores de fútbol y los toritos.

—¿Cómo que no? Ni me has dicho de dónde eres, porque yo sé que no eres de aquí....—digo, aún soltando un chorro de palabras con esperanzas de distraerlo.

—De California —responde, por fin volviendo la cara para mirarme—. Un lugar que se llama La Jolla.

—Está en el.... —empiezo, conteniéndome antes de terminar la frase, pues no quiero que sepa que además de saber el nombre de la ciudad, hasta la he localizado en el atlas ya—. Quiero decir, ¿en qué parte de California está?

—En el sur, no lejos de San Diego.

—Yo he estado en San Diego.

—¿De veras? —dice él con una sonrisa ancha—. Yo sabía que habías viajado a otras partes.

"Actually, it's the one and only time I've been out of San Gabriel, except for a few trips to Colorado to see my cousins."

"So what were you doing in San Diego?"

"We went to see my father when he went away."

"Went away?"

"To the war."

"Oh," Damián says, sensing he shouldn't probe any further. It's amazing, but in spite of the noise of the crowd, I feel like we're the only ones on the bleachers, just him and me.

"I was only five years old...," I say, hesitating for a moment. Am I really prepared to tell him what I've never told anyone before?

"Wow! Can you actually remember what happened when you were only five years old?"

"This I do remember. It was the last time I saw my father."

We both fall silent while the sun begins to set. I don't know if it's because of the cold outside of my body or inside, but without thinking, I move closer to him.

"My father picked me up to kiss me goodbye," I go on, noticing that our arms are now touching. "I must have giggled when he did that because he had a huge moustache that always tickled me.

"Then he boarded the boat and he sailed away. We stayed a long time there at the harbor, me and my mother and little brother. We didn't say a word, just stood there watching that ship that kept getting smaller and smaller until the sea finally swallowed it."

We're quiet again until a big cheer from the crowd gives me the chance to release the tension a bit. "Looks like we're winning."

"Yeah," says Damián. Then he takes my hand and, looking me in the eyes, asks, "And he never came back?"

"Never," I answer. I feel the old pain digging deep inside me, but overhead my heart is soaring.

—En realidad es la única vez que he salido de San Gabriel, bueno, fuera de uno que otro viaje a Colorado para ver a mis primos.

—Y ¿qué estaba haciendo en San Diego?

—Fuimos a ver a mi papá cuando partió.

—¿Partió?

—A la guerra.

—Oh —dice Damián, quizá percibiendo que no hay que preguntarme más. Es increíble, pero a pesar del barullo del gentío, es como si estuviéramos solitos en el graderío, nomás él y yo.

—Apenas cinco años tenía....—digo, vacilando un momento. ¿Es cierto que le voy a decir lo que nunca le he dicho a nadie?

—¡Vaya! ¿Verdad que puedes recordar lo que pasó cuando tenías cinco años?

—Jamás se me olvidará esto. Fue la última vez que vide a mi papá.

Los dos nos callamos por un rato mientras que el sol empieza a ponerse. No sé si es por el frío de afuera o el de adentro, pero sin pensarlo, me acerco a él.

—Mi papá me levantó a besarme —continúo, dándome cuenta que ya nos estamos tocando los brazos—. Debo haberme reído, porque él tenía un bigote grande que siempre me hacía cosquillas.

—Luego subió al barco y se fue. Allí nos quedamos en el puerto, yo y mi mamá y mi hermanito, por muncho tiempo, sin hablar nada, nomás mirando aquel barco que se hacía cada vez más chiquito en la distancia hasta que por fin se lo tragó el mar.

Otra vez guardamos silencio hasta que una gran ovación de los espectadores me da la oportunidad de aflojar la tensión un poco—. Parece que vamos ganando.

—Sí —dice Damián. Luego me toma la mano y, mirándome en los ojos, pregunta—: ¿Y nunca regresó?

—Nunca —le contesto, sintiendo las emociones que se enredan muy dentro de mí. Pero por encima de todo, va volando mi corazón.

"At least you have memories of your father," he says. "I never knew mine."

I want to know more, but something in his voice holds me back. So I quit talking, happy to simply surrender myself to the warmth of his hand while the Conquistadores annihilate the poor Coyotes.

∾

I'm so happy it almost hurts to keep it all inside. I've spent all morning remembering yesterday's game and the dreams I had last night. I can't recall exactly what happened in my dreams, but I do know they were of Damián.

Even my mother noticed my good mood this morning. "What happened?" she asked. "Did you win the lottery?"

I didn't tell her a thing. I don't want to share Damián with her or anyone, not even my *abuelita*.

"Pour me another cup of coffee and sit down, *hija*," my *abuelita* tells me from her seat at the kitchen table. "And leave the dishes. I'll wash them later on—I can still do a little something to earn my keep around here."

When I try to protest, she insists I sit down. "Don't you want me to finish my story, *hija?*"

"*Claro que sí*," I say, grabbing a chair.

"Remember I told you about the *prendorio?*"

"*Sí, abuelita*. That was when the relatives of the couple got together to meet each other, right?"

"Right. Well, the day of the *prendorio* was the worst day of my life."

"Why do you say that?"

"*Bueno*, do you remember that I also told you I saw David the day before bringing firewood to the house? Well, I didn't realize until the *prendorio* began that he wasn't my fiancé. The one I was to marry was his older brother, Ramón. I guess David had brought the load of wood to help out his *hermano*.

"When I saw Ramón, the bottom dropped out of my heart. He was so old that I hadn't even thought about him when my *tata* talked about his *compadre* Ezequiel's son. And not only was

—Al menos tienes recuerdos de tu padre —dice él—. Yo nunca conocí al mío.

Quiero saber más, pero algo en su voz me detiene. Así que dejo de hablar, contenta de entregarme al calor de su mano mientras que los Conquistadores aniquilan a los Coyotes desventurados.

∿

Ya no quepo en mí de gozo. He pasado toda la mañana repasando mis recuerdos del partido de ayer y mis sueños de anoche. No puedo recordar los sueños en detalle, pero sé que soñé con Damián.

Hasta mi mamá se dio cuenta de mi buen humor esta mañana. "¿Qué pasó?"—me preguntó—"¿Ganates la lotería?"

No le dije nada. No quiero compartir a Damián ni con ella ni con nadie, ni tan siquiera con mi abuelita.

—Echame otro cafecito, hija, y siéntate —me dice mi abuelita que se encuentra sentada en la mesa de la cocina—. Y deja los trastes. Yo los lavo después, pos todavía puedo hacer alguna cosa para ayudar aquí.

Cuando protesto, vuelve a mandarme: —Siéntate hija, ¿que no quieres que te acabe de platicar mi historia?

—Claro que sí —contesto, tomando un asiento.

—¿Te acuerdas que te dije del prendorio?

—Sí, abuelita. Fue cuando los parientes de los novios se conocieron, ¿verdad?

—Sí, pos aquel día del prendorio fue el peor día de mi vida.

—¿Por qué dice eso?

—Bueno, también te dije que antes del prendorio había visto al David trayendo leña a la casa. Pos no supe hasta el día del prendorio que él no era mi novio sino su hermano mayor, el Ramón. El David quizás había traido la carga de leña para ayudarle a su hermano.

—Cuando vide al Ramón, se me cayó el alma a los pies. Estaba tan viejo que ni se me había ocurrido pensar en él cuando mi tata me había hablado del "hijo de su compadre". Y

he old, but he was pretty ugly too, *pobrecito*. He had had small-pox as a child, so his face was covered with pock marks."

"But you told them, didn't you?" I ask. "You told your father you couldn't marry that man because you were in love with his brother?"

"Those were different times, *hijita*," my *abuelita* says with a bitter chuckle. "A woman did what her father said. And without complaining."

Smiling ironically, she adds, "I should have known better. My *tata* always judged a man by the shape of his hands. He used to say that calloused hands were the sign of a hard-working man. But my David was a musician, so his hands were very soft.

"Yes, I should have known dreams don't come true. Not like in the fairy tales."

además de viejo, estaba bastante feo, pobrecito, pos de niño le había dado viruela, de modo que tenía la cara bien picoteada.

—Pero usted les dijo, ¿qué no? —le pregunto—. ¿Que no le dijo a su papá que no se podía casar con ese hombre porque estaba enamorada de su hermano?

De respuesta, mi abuelita suelta una carcajada bastante amarga. —Esos eran otros tiempos, hijita. Una hacía lo que su padre le mandaba. Y con la boca callada.

Luego, con una sonrisa irónica, añade: —Debí haber sabido mejor. Mi tata siempre juzgaba a los hombres por las manos. Decía que los que tenían las manos callosas eran buenos hombres porque eran trabajadores. Pero mi David tenía unas manos muy finas, pos era músico.

—Sí, debí haber sabido que los sueños no se cumplen. No como en los cuentos de hadas.

seven

Riding Double

"Who could be happier than a bride on her wedding day? That's the way it's supposed to be, but for me, it was a nightmare."

The more I listen to my *abuelita's* story here in the kitchen, the more I realize she isn't just telling me what happened. She's actually reliving all these events. Her spirits seem so low that I'm starting to get a little worried, so I offer her a cup of coffee.

"No, *hijita,* I drink too much coffee as it is. Of course, that's what *el café* told *el atole*—that it had come here to conquer our people."

"*¿Qué?*"

"That's from *el Trovo del Café y el Atole*—they're verses we used to recite. But, you know, not even a cup of *atole* would have made me feel better at that time.

"The truth is, I don't remember much about my wedding day. I was so sad it seemed like my head was swimming. The only memory I have is standing

—¿Quién pudiera ser más feliz que una novia en el día de su casorio? Asina debe ser, pero para mí fue una pesadilla.

Al seguir escuchando a mi abuelita en la cocina se me ocurre que no sólo está contándome de lo que pasó sino que está volviendo a vivirlo. Tan melancólica se ha puesto que hasta pena me da, así que le ofrezco otro café.

—No hijita, ya estoy muy enviciada con este café. Verdad que el café le dijo al atole que por eso vino a nuestro país, ve, para conquistar a la gente.

—¿Qué?

—Son versos, hija—un trovo entre el café y el atole que antes recitaban. Pero mira, ni el atole me hubiera consolado en aquel entonces.

—La mera verdad, no me acuerdo muncho del día de mi boda. Estaba como atarantada, tan triste que era. Sólo recuerdo que apenas podía resollar parada

there at the altar feeling like I couldn't catch my breath. My heart had dried up in my chest, *hija,* just like an apple that had fallen off a tree."

With those words, my *abuelita* stops talking, and I don't know if it's just my overactive imagination, but I'm having trouble breathing right now too.

"*Bueno, hija,*" she says, rising. "I'll wash the dishes. Go ahead and run along now."

"Okay," I reply. This time I don't argue with my *abuelita* because I'm dying to get a breath of fresh air.

"Just don't go riding on that horse," she adds, but I'm already out the door.

I don't head straight for the corral, for I know my *abuelita* will be watching me from the kitchen window. But after scattering some chicken-scratch in the *gallinero,* I climb up over the old logs of the corral my grandfather built in happier times, when he was a young man and everyone agreed he was the finest horseman in the valley.

Clicking my tongue, I call Asia, who comes trotting up in hopes of getting an apple. I don't disappoint her, giving her a couple of *manzanas* left over from last year's harvest.

"It's not that my *abuelita* has anything personal against you," I tell my filly as I saddle her. "She doesn't like any horses, and now I know why.

"What happened is that her husband fell off a horse when he was an old man. His foot got tangled up in the stirrup and the horse dragged him. Poor man, he would have been my great-grandfather," I say, lifting myself into the saddle and heading, like always, toward the river.

My mother told me that story just a few days ago so I'd understand my *abuelita's* problem with horses. *Ay, mamá,* if you only knew some of the things I've been finding out lately!

As we near the river where the cottonwoods are beginning to turn yellow with the first chill of the coming fall, we pass below the boulder of the Virgin.

allí en el altar. El corazón se me había secado en el pecho, hija, como si fuera una manzana podrida.

Con esas palabras mi abuelita deja de hablar, y no sé si sea por mi imaginación exagerada, pero ahora también yo tengo la respiración penosa.

—Bueno hija —dice al pararse—, yo lavaré los trastes. Vete a hacer tus negocios.

—De acuerdo —respondo. Ahora sí que no discuto nada ya que tengo muchas ganas de salir a respirar aire fresco.

—Nomás que no vayas a andar a caballo —añade, pero ya he salido de la casa.

No voy derecho al corral, pues sé que mi abuelita me estará mirando desde la ventana de la cocina. Pero después de echarles grano a las gallinas, sí subo por arriba de los palos viejos del corral que construyó mi abuelo en tiempos más felices cuando era joven y todos reclamaban que era el mejor jinete del valle.

Haciendo chasquidos con la lengua, llamo a Asia que viene al trote con esperanzas de comer una manzana. Y no le fallo, dándole dos manzanas de las viejas que quedaron de la cosecha del año pasado.

—No es que mi abuelita te tenga mala pica a ti —le digo a mi potranca mientras la ensillo—. Ningún caballo le gusta a ella, y ya sé por qué le caen tal mal.

—Es que su marido murió ya de viejo cuando se cayó de un caballo. Se le enredó un pie en el estribo y arráncase el animal, arrastrándolo. Pobrecito, hubiera sido mi bisabuelo, sabes —digo, subiéndome y dirigiéndome, como de costumbre, al río.

Hace unos días mi mamá me contó esa historia trágica para que me enterara de las razones de mi abuelita. ¡Ay mamá, si supiera usted de lo que me estoy enterando ahora!

Ya acercándonos a los álamos del río cuyas hojas se están pintando con las primeras noches frías del otoño venidero, pasamos por debajo del peñasco de la Virgen.

A year ago, someone painted a picture of Our Lady of Guadalupe on the face of the huge stone. Nobody knows the identity of the painter. The image just appeared there one day as mysteriously as the first apparition of the Virgin to the Indian Juan Diego.

I can't believe my eyes! There he is, sitting at the side of the river, just like the first time I saw him!

"Damián!" I call out, pulling on the reins to dismount.

"How are you, C. M.?" he asks, embracing me.

"I'm just fine—and you?" I reply, breathing deeply to take in his scent.

"Fine," he says, as our conversation lapses into an uneasy and seemingly endless silence.

There are so many things I want to tell him and even more things I want to ask, but now that he's so close that I can feel the warmth of his breath on my face, I'm wordless.

"That was sure a good game yesterday, huh?" I finally say with an anxious laugh.

"It was," he answers, also laughing nervously. Is it possible he feels as awkward as I do?

"You know what?" I say at last. "I didn't even watch the game."

"Me neither," he confesses, and now we share a real laugh.

"Are you doing some drawing?" I ask, but when I try to take a look at his sketchpad, he closes it.

"I'm still working on that one, but I'll show you some others if you'd like."

"Please!" I say, sitting next to him on the rock by the river. As he starts to page through the large, well-worn pad, I notice the many sounds in the silence—pigeons cooing in the cotton-woods, dogs barking in the distance, and, as always, the tireless melody of the water.

Hace un año, alguien pintó una imagen de Nuestra Señora de Guadalupe en la faz de la piedra grande. Nadie sabe quién lo hizo. De un día para otro apareció allí de una manera tan misteriosa como la primera aparición de la Virgen al indio Juan Diego. Pero ¡qué increíble! Allí está, sentado al lado del río igual que la primera vez que lo vi.

—¡Damián! —le saludo, jalando las riendas para apearme de Asia.

—¿Cómo estás, C. M.? —dice al abrazarme.

—Muy bien, ¿y tú? —le contesto, respirando hondo para llenarme de su olor.

—Bien —dice, y luego nos quedamos callados los dos durante un largo y nerviosísimo momento.

Hay miles de cosas que le quiero decir y aún más cosas que le quiero preguntar, pero ahora que lo tengo tan cerca de mí que hasta puedo sentir el calor de su aliento en la cara, no hallo qué decirle.

—Fue un buen partido ayer, ¿no? —le digo por fin con una risita indecisa.

—Sí —responde, también riéndose ligeramente. ¿Estará tan inquieto como yo?

—¿Sabes qué? —digo al fin—. Yo ni miré el partido.

—Tampoco yo —confiesa él, y ahora sí compartimos una risa verdadera.

—¿Qué estás haciendo—dibujando? —le pregunto, pero cuando me arrimo a ver, cierra el libro de dibujos.

—Ese todavía estoy trabájandolo, pero te puedo enseñar otros, si quieres.

—Claro —le digo, acomodándome a su lado en una piedra cerca del río. Mientras él empieza a hojear el libro grande y bastante desgastado, me doy cuenta de la multitud de sonidos en el silencio—el arrullo de las palomas en los álamos, el ladrido de unos perros en la distancia, y, al fondo, la melodía del agua que corre incansablemente.

I can't explain it, but Damián's drawings of this same river somehow seem to capture its rare music. With delicate lines and splashes of color, he recreates this place that, for me at least, is the center of the universe.

"They're wonderful!" I exclaim, laughing when he asks if I really mean it.

"Of course, Damián!" I say, placing my hand on his to stop his paging. "I think this one's my favorite."

"Yeah, it's a picture of these mesas above the river," he replies, making no attempt to move his hand. "They remind me of a castle."

At that moment, Asia neighs, reminding me of her existence—and giving me an idea. "Hey, Damián, you want to take a ride?"

"I don't know."

"Come on, she's really tame."

"It's just that...well, I don't know how to ride," he says, eyeing Asia with apprehension.

"There's no reason to be afraid," I say, leading him by the hand to my filly, who, having found some especially tasty grass, is now pretending we don't exist.

Judging from the way he's squeezing my hand, I can tell my city-slicker partner is more than a little frightened, so I try to reassure him. "Tell you what—we can ride double."

"And what if I fall off?"

"Then we'll go down together, but don't worry. You're not going to fall," I say, jumping onto Asia's back and offering Damián a hand.

Because he's so unsure of himself, Damián only gets as far as colliding into the horse's flank with his chest. On the second try, he gets in too much of a hurry and his foot slips out of the stirrup.

Naturally, Asia is not taking well to all this abuse of her good nature, but she obeys when I tell her to be still.

Luckily, Damián doesn't seem to mind getting a little banged up, probably because he's more afraid of being embarrassed by a horse. Pulling himself together, he declares: "Third time's a charm!"

De alguna manera estos dibujos del mismo río captan la rara música en nuestro alrededor. Con trazos delicados y salpicaduras de color, vuelve a crear lo que para mí es el centro del universo.

—¡Son buenísimos! —exclamo, y risa me da cuando me pregunta si le hablo en serio.

—De veras, Damián —le digo, poniendo una mano en la suya para detenerlo—. Creo que éste es mi favorito de todos.

—Sí, son las mesas de aquí arriba —contesta sin quitar la mano—. Me recuerdan de un castillo.

En eso relincha Asia, recordándome de su existencia y dándome una idea. —Oye Damián, ¿no quieres pasearte en mi potranca?

—No sé.

—Anda, es muy mansita.

—Es que...bueno, lo que pasa es que no sé montar a caballo —dice, mirando agitado a Asia.

—No tengas miedo —le digo, llevándolo por la mano hacia mi potranca que, habiendo hallado hierba especialmente deliciosa, ahora está fingiendo que no existamos nosotros.

Por la manera en que me aprieta la mano, sé que mi compañero capitalino tiene mucho miedo, de modo que le digo, —Mira, te llevo en ancas.

—¿Y si me caigo?

—Entonces los dos vamos al suelo. Pero no te preocupes— no te vas a caer —le digo, brincando a la silla y ofreciéndole una mano para que suba.

Impedido por su misma incertidumbre, apenas logra pegarse el pecho en el lomo de la potranca. En el segundo intento, se da mucha prisa y resulta que se le resbala el pie del estribo.

Asia, por supuesto, ya está aburrida de tanto abuso de su amabilidad, pero me obedece cuando le mando que se aquiete.

De suerte que Damián no se ha dado por vencido. A lo mejor se sentirá avergonzado porque ahora sí concentra los esfuerzos, declarando, —¡A la tercera va la vencida!

And kicking his leg up with all his might, he lands neatly in place behind me on Asia's back.

"It's your first time on a horse, isn't it?" I ask. He doesn't really have to answer. We've barely broken into a slow trot, and already he's clinging to me as if I were a life-saver. It seems so funny to me—this sophisticated guy who's so scared of a gentle horse.

But then I'm afraid too, afraid of appearing to be too nosy. Yet I'm determined to find out more about Damián. Now that we've slowed down to go wandering through the *bosque,* I can feel him relaxing behind me. The moment has come.

"Damián, why do you live at Miguel's house? Is he your brother, like he told Tomás? But if he is, how come you told me yesterday that you never knew your father?"

I knew that once I opened the floodgate, all the questions building up inside me would come pouring out. What I didn't realize was just how badly I would stick my foot right in my mouth.

Damián doesn't say a word. Meanwhile, I'm silently lecturing myself for being such a fool, but the only sound is the crunching of Asia's hooves in the fallen leaves and branches, a crunching that seems to grow louder with every step she takes.

The sound is echoing in my ears by the time Damián finally says: "C. M., if I tell you a secret, do you promise never to tell anyone?"

"I promise," I say, holding my breath.

"Well, Miguel's father isn't my real dad. He's always been like a father to me, but actually he's my older brother."

I'd like to continue my interrogation, but since Damián doesn't offer any more information, I keep quiet as well. Without speaking, we return to the place where I found him, but now I love this silence we share like secret conspirators.

When we dismount and Damián takes a few stiff and very bowlegged steps, I can't help but laugh.

"Hey, you little devil, have some pity on me!" he says, laughing with me in spite of his pain.

Y con un solo movimiento energético, sube detrás de mí.

—Es tu primera vez que montas a caballo, ¿no? —le pregunto. No es necesario que conteste, pues apenas empezamos a trotar y ya me está abrazando como si fuera un salvavidas. Pero qué curioso que este "hombre de mundo" tuviera tanto temor de un animal dócil.

Bueno, yo también tengo miedo, el miedo de parecerme muy entremetida, pero me muero por saber más detalles de su vida. Ya que vamos a un paso más despacio, andando sin rumbo por el bosque, siento que se ha relajado. Ahora es tiempo.

—¿Por qué vives en la casa de Miguel? ¿Es tu hermano, como me dice el Tomás? Pero si el Miguel es tu hermano, ¿por qué me dijites ayer que nunca conocites a tu papá? —digo, abriendo la compuerta para soltar todas las preguntas que se me han acumulado en la mente.

Ahora sí metería la pata, porque Damián no dice nada. Para mi interior estoy regañándome a mí misma, pero todo lo que se oye en el bosque es el crujido de las pezuñas de Asia en las hojas y ramitas caídas, un crujido que parece aumentarse con cada paso que damos.

Ya está retumbando en mis oídos cuando Damián dice: —Si te digo algo, C. M., ¿me prometes no decírselo a nadie?

—Sí, te lo prometo —contesto, conteniendo la respiración.

—Bueno. El papá de Miguel no es mi papá verdadero. Siempre ha sido como un papá para mí, pero en realidad es mi hermano mayor.

Quisiera seguir la interrogación, pero como Damián no dice más, me callo también. Regresamos sin hablar al sitio donde lo hallé, pero ahora me parece maravilloso el silencio que compartimos como dos cómplices.

Cuando nos desmontamos y Damián se pone a andar con las piernas arqueadas y obviamente doloridas, no puedo menos que reír.

—Oye, malvada, tenme un poco de compasión —dice, también riéndose a pesar de su incomodidad.

"I'm sorry, Damián, but I don't think you're cut out to be a cowboy."

"But I always used to be the cowboy when we'd play Cowboys and Indians, only there weren't any horses in California," he remarks, heading back to the rock where he left his sketch book.

"An Indian playing a cowboy?"

"Why not? I used to dream of being Billy the Kid," he says with another laugh.

"Well...I guess I'll see you at school," I say, hoping the throaty tone in my voice will express what I can't say, namely, that I wish he'd kiss me. But the message doesn't get through because he just stands there, staring at me with those same eyes that captured me the first time I saw them in this very place.

"Thanks for the ride...I guess," he says hesitantly, finally taking a step towards me, but it's too late because I'm already sitting in the saddle.

Asia's ready to head home, but I'm too confused to move. Of course, I can't just stay here like this either.

Damián, do you care for me the way I care for you? Or am I just dreaming all of this up? I wish I could open my heart like a box and show you all the treasures I have locked up there for you, only for you.

All this I tell him with my eyes, which, try as they might, just can't make out what those other eyes are saying.

"Okay...," I say again, unable to move. Then I let the question slip out, the one that's kept me awake for so many nights. I don't know why I'm doing it, maybe I'm just trying to break free of his hypnotic stare.

"Damián, why did you come here?"

"You already know—to draw."

"No, I mean, why did you leave California?"

When I see the serious look on his face, I could kick myself for asking the question. But now, like Pandora, I'm going to have to face the consequences.

—Perdóneme Damián, pero no creo que estés hecho para cowboy.

—Pero yo era el vaquero cuando jugábamos a "indios y vaqueros", nomás que no había caballos en California —dice, dirigiéndose a la piedra donde ha dejado su libro de dibujos.

—¿Un indio jugando a cowboy?

—¿Por qué no? Yo siempre quería ser Billy the Kid —observa con otra risada.

—Bueno...te miro en la escuela —le digo esperando que mi voz baja le comunique las ansias que tengo, ansias de que me dé un beso. Pero quizá no comprende porque se queda parado donde mismo, sólo mirándome con esos ojos que me cautivaron la primera vez que se fijaron en mí en este mismo lugar.

—Gracias por el paseo...yo creo —dice pausadamente, por fin dando un paso hacia mí, pero ya estoy sentada en la silla.

Asia tiene ganas de regresar a casa, pero estoy tan confundida que no puedo irme. Bueno, tampoco puedo quedarme aquí.

Damián, ¿me quieres como te quiero a ti? O ¿serán puras ilusiones mías? Cómo quisiera abrirte mi corazón como si fuera un cofre para que miraras todo el tesoro que tengo guardado para ti, solamente para ti.

Todo esto le digo con los ojos, ojos que por toda su ciencia no pueden descifrar lo que le dicen aquellos otros ojos.

—Bueno —le digo otra vez, pero aún me quedo paralizada. Luego dejo escapar la pregunta que me ha tenido desvelada tantas noches. No sé por qué lo hago, tal vez será simplemente para librarme de su mirada tan hipnótica.

—Damián, ¿por qué venites pa'cá?

—Ya sabes, para dibujar.

—No, quiero decir, ¿por qué salites de California?

Al ver lo grave que se pone, me arrepiento de haberle hecho la pregunta, pero como Pandora, tendré que aceptar las consecuencias.

"Listen," he says, his expression a riddle, "you can ask me anything you want. You can even invite me to take another ride.

"But never ever ask me why I came here. I'm just here, C. M.—here with you. What more do you need to know?"

—Mira —me dice, su cara abierta transformada en enigma—, me puedes preguntar cualquier cosa que quieras. Hasta me puedes convidar a que te acompañe en otro paseo de caballo.

—Pero nunca, nunca me preguntes por qué vine pa'cá. Estoy aquí ahora, C. M., aquí contigo. ¿Qué más tienes que saber?

eight
The Smell of Memory

---❦---

After living out on the coast, Damián can't be prepared for the kind of winters we have in these New
Mexican mountains. He's going to need something
like this poncho to keep him warm. I'm not sure
he'll like these natural wool colors—the black, grey
and ivory—but I do know it's been a long time
since I've felt so good about weaving.

"Well, you sure got an early start this morning,
young lady," my mother says when she enters the
weaving room.

"Sí, mamá," I answer uncertainly, already trying
to figure out how I'm going to explain this poncho
on the loom and the fact that I'm using our most
expensive wool to weave it, this natural handspun.

To my surprise, my mother doesn't even take a
look at my work on the loom. I can tell, though,
that she's troubled about something. She's got her
arms crossed like she always does when she's about
to give me a lecture.

Habiendo vivido en la costa, Damián no puede estar preparado para los inviernos que tenemos en estas montañas nuevomexicanas. Va a necesitar algo calientito como este poncho. No sé si le vayan a gustar estos colores naturales de la lana—el negro, el pardo, y el blanco de marfil. Sólo sé que por primera vez en mucho tiempo estoy tejiendo con gusto.

—Qué temprano empezates a trabajar esta mañana, hija —dice mi mamá al entrar al cuarto de tejer.

—Sí, mamá —le contesto indecisa, ya calculando cómo le voy a explicar el poncho en el telar y el hecho de que estoy usando la lana más costosa para tejerlo, esta lana natural hilada a mano.

Pero para mi sorpresa, mi mamá ni se asoma al telar. Está preocupada por algo, lo puedo saber por el modo en que cruza los brazos. Siempre hace eso cuando tiene algo que decirme.

"I need to ask you something, *jita*. Do you know a boy named Damián?"

"Yes...a little," I reply weakly.

"I think you know him better than that," she continues, removing her glasses to rub her eyes. *"Hija,* I know you've always liked to make your own decisions, and I think it's good that you know what you want. And you've certainly grown up a lot, but you're still too young to be going out with boys, especially one that's so much older than you."

"He's not *that* old," I say, still weaving so I won't have to look her in the eye.

"He's a senior, isn't he?"

"Yeah, but Dad was also four years older than you."

"We're not talking about your father right now. Anyway, I was considerably older than fourteen at the time."

"My *abuelita* got married when she was my age," I say, thinking that my mother may not know that fact.

Whether she's aware of it or not, she's not buying the comparison. "Those were different times."

"Not all that different."

"I can't believe how stubborn you can be! That much you *do* share with your *abuelita*. But listen to me now, I want you to quit seeing this Damián. You know I have to leave you alone a lot of the time, even more now that I've taken that second job at the casino."

"You can trust me, Mom," I say, but she's not so easily convinced.

"You don't know anything about him, *jita*—not even what brought him here to San Gabriel."

I can't deny that, but I also can't keep my mouth shut. "I don't care, Mom."

"Well, you'd better start caring pretty fast, or who knows what kind of trouble you're going to get yourself into. *Bueno,*" she says, glancing at her watch, "I've got to go to the store. Don't forget what I told you."

—Quiero preguntarte una cosa, 'jita. ¿Conoces a un joven que se llama Damián?

—Sí...un poco —respondo con un hilo de voz.

—Creo que lo conoces más que un poco —continúa, quitándose las gafas para restregar los ojos—. Hija, sé que a ti siempre te ha gustado mandarte sola, y es bueno que sepas lo que quieres. Has crecido muncho, pero todavía estás muy joven para andar de novia. Y menos con un muchacho mayor que tú.

—No es tan grande —digo, siguiendo mi trabajo en el telar para no tener que mirarla en los ojos.

—Es un estudiante del último año ¿que no?

—Sí, pero mi papá también le llevaba unos cuatro años a usted.

—No estamos hablando de tu papá ahora. De todos modos, yo tenía más de catorce años entonces.

—Mi abuelita se casó a mi edad —digo, pensando que tal vez no lo sabe mi mamá.

Que lo sepa o no, de todas maneras descarta la comparación.

—Esa era otra época.

—No era tan diferente.

—Ay, ¡qué terca eres, hija! En eso sí pareces muncho a tu abuelita. Pero escúchame, no quiero que andes con este Damián. Tú sabes que tengo que dejarte sola, más muncho ahora que agarré ese segundo trabajo en el casino.

—No se preocupe, mamá —le digo, pero no se convence tan fácilmente.

—No sabes nada de él, 'jita, ni tan siquiera por qué vino a San Gabriel.

Eso no lo puedo negar, pero tampoco puedo callarme. —No me importa, mamá.

—Pos, vale más que te importe. Tú no sabes en qué problemas te puedes meter. Bueno —dice, mirando su reloj—, voy a la tienda. Pero no se te olvide lo que te digo.

Maybe I don't know a lot about him, Mom, but I do know he cares for me, I think as I look at his drawing. It's the one he was working on that day at the river—that was the reason he didn't want to show it to me.

I begin to rock in the rocking chair while I continue gazing at the drawing of a couple sitting on a blanket at the edge of the river. It's *el Río de las Animas*—I can tell from the outline of the mesas.

I'm sure the girl in the picture is me, even though the young man seated next to her doesn't look like Damián. Asia is in the background, grazing beneath the cottonwoods.

The thing I like the best is the crescent moon Damián put in the sky, the same thin slice of a moon I draw when I sign my name.

"What are you looking at that's so interesting?" Tomás says as he appears at my side.

"What do you care?" I say, setting the drawing aside on the coffee table in front of me in order to focus all my anger on my brother. "How come you told Mom about Damián? You're nothing but a rat!"

"Me? I didn't tell her anything."

"Give me a break! Actually, it's your nose I ought to break!"

"What's bugging you, *carnala*? You know what? I finally figured out what your initials stand for—'Child of the *Malinche!*'"

That's it. Jumping up, I begin chasing him around the room. I'm so determined to pop him one that I nearly knock over my *abuelita* who's come in to see what all the commotion is about.

Embarrassed, both of us quit fighting in order to apologize. "Sit down, *abuelita*," I say to her.

"And as for you," I growl at Tomás, "I'll take care of you later on."

"You say that now, but by this evening you're going to want to be my good buddy."

"In your dreams."

"Well, we'll see what you say when I come home with my pockets full of gold coins."

Cuando ella se ha ido, dejo el telar para sentarme en la vieja mecedora de mi abuelita. Abriendo el cierre de mi mochila de escuela, saco el dibujo que Damián me dio ayer.

Tal vez no sepa mucho de él, mamá, pero sí sé que me quiere, pienso al mirar el dibujo. Es el en que estaba trabajando aquel día en el río, y por eso no me lo quiso enseñar.

Empiezo a mecerme en la silla mientras sigo estudiando el dibujo de una pareja sentada en una frezada al lado del río. Es el Río de las Animas, se conoce por el contorno de las mesas.

No puedo menos que pensar que la joven en el dibujo soy yo, aunque el muchacho sentado con ella no se parece a Damián. Al fondo está Asia, pastando debajo de los álamos.

Lo que más me gusta es la media luna que dibujó en el cielo, la misma luna que uso cuando firmo mi nombre.

—¿Qué miras que está tan interesante? —pregunta Tomás al aparecerse a mi lado.

—¿Qué te importa? —le digo, apartando el dibujo en la mesita delante de mí para concentrar toda mi rabia en mi hermano—. Y ¿por qué le dijites a mamá de Damián? ¡Qué rata eres, Tomás!

—¿Yo? Yo no le dije nada.

—¿Cómo que nada? ¡Me dan ganas de darte una buena friega!

—Pero ¿qué mosca te picó, carnala? Ya sé por qué te dicen C. M. ¡Quiere decir "Cara de Malinche"!

Es el colmo. Parándome, comienzo a perseguirlo por todo el cuarto. Tan resuelta estoy a darle una buena bofetada que por poco tumbo a mi abuelita que ha venido a ver a qué se debe el alboroto.

Avergonzados, los dos dejamos de pelear para pedirle perdón. Después de sentar a mi abuelita, le digo gruñiendo a Tomás—: Tú me las pagarás.

—Ahora dices eso, pero para la noche vas a ser mi buena amiga.

—En tus sueños.

—Pos, a ver qué dices cuando regrese a casa con los bolsillos llenos de oro.

"Don't tell me you're looking for that stupid buried treasure again!" I say, venting some of my rage in a mocking laugh.

"You won't laugh so hard later on. My *tío* Herculano showed me an old shack out behind Chick-Hatcher's store. He said some *conquistadores* buried their gold under the floor when they were attacked by Indians."

"*Conquistadores?* You're even dumber than I thought! Do you think that house has been there for five hundred years?"

"Well, the people who came later on...."

"And I imagine your *cuate* Miguel is going to help you dig up this so-called treasure?" I say, interrupting him.

"Yeah, and we're not going to share any of it with you—or with your new boyfriend."

I'm ready to go after him again, but he takes off running before I can grab him.

"I'm sorry, *abuelita,*" I tell the *anciana* seated in her rocking chair, "but he makes me so mad that I...well, he went and told my mother about...;"

I stop in mid-sentence when I realize my *abuelita* isn't really paying attention to me. She's too busy looking at the drawing I left on the coffee table.

"Where did you get this, *hijita?*" she asks.

"Damián gave it to me. Why, *abuelita?*"

"It's strange, very strange," she murmurs as if she's talking to herself. Then, rising to her feet, she tells me, "Let's go to my room. I have something to show you."

As we enter the room my mother used to call the "end room," I think about how my *abuelita* has really made it her own. Even though she's only been with us for a few months, it seems as though she's lived here forever.

On the wall are pictures of the last three Popes, President Kennedy, the Virgin of Guadalupe, and countless photos of grandchildren, great-grandchildren, and other relatives, including some who are total strangers to me.

—No me digas que andas otra vez con esas tonterías de tesoro enterrado —le digo, soltando una carcajada que me permite desahogarme un poco.

—No te vas a reír después. Mi tío Herculano me enseñó una choza vieja allí detrás de la tienda de la Sacapollos. Izque unos conquistadores enterraron su oro debajo del suelo cuando los indios los atacaron.

—¿Conquistadores? Pero tú sí eres más tonto que lo que pensaba. ¿Crees que esa casa ha estado allí durante quinientos años?

—Bueno, serán los que vinieron después....

—Y supongo que tu cuate Miguel te va a ayudar a escarbar este "tesoro", ¿no? —le interrumpo.

—Sí, y no vamos a compartir nada contigo—ni tampoco con tu nuevo novio.

Por poco vuelvo a echarme sobre él, pero ya ha salido corriendo.

—Perdóneme abuelita —le digo a la anciana sentada en su mecedora—, pero él me dio tanto coraje que...pos, sabe que fue y le dijo a mi mamá de....

Dejo de hablar al notar que ella no me escucha. Está muy ocupada mirando el dibujo que dejé en la mesita.

—¿Dónde agarrates esto, hijita? —me pregunta.

—Damián me lo dio. ¿Por qué me pregunta, abuelita?

—Es extraño, muy extraño —murmura como si lo dijera para sí. Luego se para y me dice: —Vamos a mi cuarto. Quiero enseñarte algo.

Cuando entramos a lo que mamá antes llamaba "el cuarto de la orilla", pienso en cómo mi abuelita lo ha convertido en su propio cuarto. Aunque apenas lleva unos meses con nosotros, es como si siempre hubiera vivido aquí.

En la pared hay retratos de los tres últimos Papas, el presidente Kennedy, la Virgen de Guadalupe, y un montón de fotos de nietos, bisnietos y otros parientes, incluso algunos que para mí son completamente desconocidos.

On the chest-of-drawers are my *abuelita's santos,* the saints which she calls her "best friends." Only Saint Anthony is missing, but, according to my *abuelita,* he's going to stay locked up in the closet until he decides to help her find her lost rosary.

The religious images and my *abuelita's* army of saints are part of it, but what really makes the room so much her own is the smell. It's not just the perpetual aroma of votive candles. but something more I can only describe as the "smell of memory."

"Under my bed, you'll find a valise," my *abuelita* tells me. "Pull it out and set it up here on the mattress."

The suitcase I lay on the bed is so ancient and moth-eaten that it also gives off its own smell. When my *abuelita* opens it and begins to rummage through it, I notice a smell like old carnations that have turned into dust.

Reaching underneath stacks of doilies and embroidered towels, my *abuelita* pulls out a finely carved frame. Inside is the picture of a beautiful girl, one of those antique, handpainted photographs. The fact that the picture is a little out of focus makes the image seem to shimmer.

"*Abuelita,* who is this gorgeous lady?"

"You really can't tell?"

"Is it you?"

"*Sí, mi niña.*"

"But why don't you have it up in your room, *abuelita?* It's so beautiful!"

"Well, *hija,* every time I'd look at it, it would be like looking into a mirror of my past. It would remind me of who I was, not who I am.

"Sit down here next to me," she says, indicating a place at her side on the bed. At first, I don't understand what she's doing as she starts to loosen the crumbling cardboard at the back of the picture. But then she very carefully withdraws another photo from between the picture of the woman and the cardboard and hands it to me.

"What a handsome man!" I say as I look at the black and white photograph of a young man dressed in a coat and tie. "Who is it?"

En la cómoda se encuentran los santos de mi abuelita, sus "mejores amigos", como ella los mienta. Sólo falta San Antonio, pero según mi abuelita, él se va a quedar preso en el ropero hasta que se arrepienta y le ayude a hallar el rosario que ella perdió quién sabe cuándo.

Pero no son las imágenes religiosas ni el ejército de santos lo que le da al cuarto el sello de mi abuelita, sino su olor. Además del eterno aroma de las velas votivas, hay lo que sólo se puede describir como el "olor de la memoria".

—Debajo de la camalta, hay un velís —me dice—. Sácalo y échamelo aquí en el colchón.

La maleta que coloco sobre la cama es tan vieja y apolillada que también tiene su propio olor. Cuando mi abuelita la abre y comienza a hurgar en ella, despide un olor como de claveles hechos polvo.

Por debajo de un sinfín de pañitos de adorno y toallitas bordadas, saca un marco finamente tallado. Es el retrato de una joven muy bella, una de aquellas fotos antiguas pintadas a mano. El hecho de que no está bien enfocada le da a la imagen una aparencia diáfana que aumenta su belleza.

—Abuelita, ¿quién es esta mujer tan linda?

—¿Verdad que no sabes?

—¿Es usted?

—Claro, mi niña.

—Pero ¿por qué no lo tiene colgado en su cuarto? ¡Es tan bonito!

—Pos, cada vez que lo mirara, sería como mirar un espejo de mi pasado, hija. Me recordaría de quién fui, no de quién soy.

—Siéntate aquí conmigo —dice, indicando un lugar junto a ella en la cama. Al principio no entiendo lo que está haciendo, pues se pone a aflojar el cartón desmoronadizo detrás de la foto. Luego, con mucho cuidado, saca otra foto por entre medio de la de la mujer y el cartón.

Cuando me la da, veo que es una vieja foto en blanco y negro de un joven vestido de saco y corbata. —¡Qué hombre más galán! Y éste, ¿quién será?

"Who do you think?"

"David?"

"That's right. But take a closer look at it, *hija*. What does it remind you of?"

As she says this, she hands me Damián's drawing, which she's brought with her. Instantly, I understand.

"He looks just like the man Damián drew in his picture!" I exclaim, amazed at how alike the two figures are. Both have angular faces and thick, commanding eyebrows. They even have the identical lock of hair sweeping across their foreheads.

"But how can this be when Damián never...?" I begin, so astonished that I can't even get the question out.

"The story has not ended."

"What?"

"I mean...I haven't ended my story yet, *hija*," says my *abuelita*, shifting on the bed to make herself more comfortable before she returns to the past.

"Now, where was I?" she asks, but it's only a rhetorical question, for she immediately picks up the story line as though it had only been minutes instead of several days since she quit telling it to me.

"After we got married here in San Gabriel, we moved to Coyote where Ramón had a ranch. The Manzanárez family had quite a bit of land up there in those days, since Ramón's father was one of the first settlers of Coyote. Very little of that land remains in family hands. Most of it belongs to the National Forest now.

"Anyway, Ramón got right down to work on the ranch, raising cattle and tending the garden. He also started building us a new house to live in. His hands didn't lie, you see.

"But as for me—well, you can imagine how sad I was. My heart had been broken, but Ramón seemed to have enough heart for both of us.

"And he was such a generous man—didn't I tell you he offered to raise my two younger sisters? They were the babies of the family—Juanita and Dolores—you never knew them, *hija*.

—¿Quién crees?

—¿David?

—El mesmo. Pero míralo bien, hija. ¿De qué te recuerda? Al decir eso, me alarga el dibujo de Damián que ha traído con ella. De una vez entiendo.

—¡Se ve como el joven que dibujó el Damián! —exclamo, dándome cuenta de lo mucho que se parecen las caras angulosas y las cejas autoritarias. Hasta el mismo mechón de pelo en la frente tienen los dos hombres.

—Pero ¿cómo puede ser si el Damián nunca...? —empiezo, tan pasmada que ni hallo cómo formular la pregunta.

—La historia no ha terminado.

—¿Qué?

—Digo...no he terminado mi historia, hija —dice mi abuelita, acomodándose un poco mejor en la cama para volver una vez más al pasado.

—Bueno, ¿dónde andaba? —dice, pero es una pregunta a la que no se espera respuesta, pues de una vez retorna a su narración como si sólo hubieran pasado unos minutos en vez de varios días desde que ha dejado de contármela.

—Ya después de casarnos aquí en San Gabriel, nos mudamos a Coyote donde el Ramón tenía un ranchito. Bueno, los Manzanárez tenían bastante terreno allí en aquellos tiempos, como el papá de Ramón fue uno de los primeros pobladores de Coyote. De aquel terreno, muy poco ha quedado en la familia, pos casi todo está en manos de la floresta.

—El cuento es que el Ramón se puso a trabajar murre duro con las vacas y la huerta. También nos levantó una nueva casa. No mentían sus manos, ve.

—Te puedes imaginar lo desconsolada que era yo en aquel entonces, pos se me había quebrado el corazón. Pero el Ramón quizás tenía corazón suficiente para los dos.

—Y era un hombre tan cumplidor, pos ¿no ofreció a criar a mis dos hermanitas? Eran las niñas de la familia—la Juanita y la Dolores, tú nunca las conociste.

"So we started out with a family right away. *Bueno,* and then I started having my own *hijos* as well. It was a hard life, *una vida muy dura,* but things got even harder after Ramón went to war— you know, the First World War.

"He joined the army and went to fight in Germany. I'm not sure, but I don't think they would have drafted him. He was older than most of the boys who enlisted, and, on top of that, he had a family.

"Those were such hard years that I don't even like to remember them. There I was, all alone with Juanita and Dolores—and by then, my own Susana had been born too.

"But the worst thing was the confusion I was feeling inside. I was so worried about Ramón, and yet I was dying to see David. How I missed him! Every time I left the house, I hoped I would run into him somewhere, or at least see him from a distance.

"My only peace of mind came when I was at the loom. Whenever the pain was too much to bear, I'd start weaving, and little by little, I would feel better. I guess I was weaving my own sorrow, *hija.*

"But it wasn't until I finished the blanket that I realized what I was doing. That blanket was for David. I had to give it to him, except nobody could know because it would have created a big scandal.

"It was one of those *frezadas de campo,* a camping blanket. I knew it was something he could put to good use, but I also realized it was filled with all the love I had never been able to give him."

Closing her eyes, my *abuelita* journeys to a place beyond words while I struggle to comprehend what's going on. Can this all be a wild coincidence? Or is something happening here that I'm just not able to understand?

"That blanket still exists," my *abuelita* says when she finally looks up again. "*Y ¿sabes qué?* You should have it. The only problem is, you're going to have to steal it."

"Steal it? From who, *abuelita?*"

"*Tu hermanito.*"

"Tomás?"

—De modo que de una vez tuvimos familia, bueno, y luego empecé a tener mis propios hijos también. Fue una vida de puro trabajo, hija, pero hasta peor se puso cuando el Ramón fue a la guerra, tú sabes, la Primera Guerra Mundial.

—Entró en el army y se fue a pelear en Alemania. Yo no sé, pos no creo que lo hubieran llamado. Ya tenía más edad que la mayor parte de los muchachos que fueron, y hasta familia tenía también.

—Fueron unos años muy duros para mí, pos ni los quisiera recordar. Allí estaba bien solita, con la Juanita y la Dolores, y para aquel entonces también había nacido mi Susana—tampoco la conocites, hija.

—Además de eso, me sentía bien confundida. Estaba apenada de Ramón pero también tenía tantas ansias de ver al David. ¡Cómo lo echaba de menos! Cada vez que salía de casa, tenía esperanzas de toparme con él, o tan siquiera verlo de lejos.

—Mi único consuelo entonces era el telar. Cuando el dolor era muncho, me ponía a tejer, y poco a poco se me iba quitando. Creo que era la mesma tristeza lo que estaba tejiendo, hija.

—Pero no fue hasta acabé el sarape en el telar que entendí lo que estaba haciendo. Ese sarape era para el David. Tenía que dárselo a él, nomás que naidien podía saber nada de mi regalo, pos hubiera provocado un escándalo.

—Era una de esas frezadas de campo que le serviría muncho. Pero más que eso, tenía todo el amor que no le había podido dar.

Cerrando los ojos, mi abuelita viaja a un lugar más allá de las palabras, mientras lucho por entender todo lo que está pasando. ¿Puede haber tanta coincidencia? O ¿será un misterio que no estoy capaz de comprender?

—Todavía existe esa frezada —dice mi abuelita, levantando por fin la vista. —Y ¿sabes qué? Tú la debes tener. Sólo que te la vas a tener que robar.

—¿Robar? Pero ¿de quién, abuelita?

—De tu hermano.

—¿Tomás?

"Don't worry, *hija*. He doesn't even know he has it. *Mira,* let me explain what happened.

"When the blanket ended up with me, I used it as a filler for a quilt. That's what we used to do in the old days—we never wasted anything. Much later, I gave the quilt to your *tía* Zulema, since she was the only one interested in my things."

"But, *abuelita,* what do you mean when you say the blanket 'ended up' with you?"

That must have been the wrong question to ask because my *abuelita* simply ignores it and goes on with her story. "When my *hija* Zulema died, she left most of her things to your brother. You know how much she loved him.

"So, in Tomás's room you'll find your *tía* Zulema's old trunk. Inside is the quilt that contains your blanket.

"It's a very old quilt made out of blue flannel—you'll know it right away. *Bueno,* unsew it and open one end. Be careful because, as I say, it's very old.

"Once you've removed the blanket, bring the quilt to me. I'll fill it back up with some of these floor rugs. No one will ever know the difference. It'll be our little secret.

"*Bueno, hija,* let me rest a little now. I'm so tired.

"Don't forget your drawing. And here," she says, handing me the portraits of her and David, "these are yours as well."

"Thank you, *abuelita!*" I say, leaving her and heading straight for Tomás's room. Now that he's out hunting for "buried treasure," I know he won't be back soon. Anyway, I can't wait to look for the old blanket.

My little brother would be furious if he knew I was going through his things, I think as I remove all the stuff piled up on the antique trunk at the foot of his bed: dirty teeshirts, baseball gloves, and dozens of sports magazines.

Luckily, he hasn't thought of putting a padlock on the trunk like he did with his bike after I took a ride on it and left it with both tires flat.

—No te apenes, hija. Ni sabe que la tiene. Mira, te voy a explicar lo que pasó.

—Cuando la frezada quedó conmigo, la usé para rellenar una cuilta. Asina hacíamos antes, ve, pos no tirábamos nada. Después tu tía Zulema se quedó con la cuilta, como ella fue la única que se interesó en mis cosas.

—Sí abuelita, pero ¿cómo fue que la frezada "quedó con usted" como dice?

Será una pregunta impertinente porque mi abuelita le hace caso omiso, siguiendo su historia como si yo no hubiera dicho nada.

—Cuando mija Zulema murió, dejó munchas cosas a tu hermanito. Ya sabes lo muncho que ella lo quiso.

—Bueno, allí en el cuarto de Tomás hallarás la petaquilla que era de tu tía Zulema. Adentro está la cuilta que tiene tu frezada.

—Es una cuilta muy vieja hecha de lanilla azul—la conocerás de una vez. Bueno, descósela y abre una orilla con muncho cuidado porque, como te digo, es bastante vieja.

—Ya que haigas sacado la frezada, tráeme la cuilta. Yo le meto uno de estos pisos de garras. Después naidien va a saber la diferencia. Será un secreto entre las dos.

—Bueno hija, ya déjame un rato, que quiero acostarme. Me siento murre cansada.

—No olvides tu dibujo. Y toma —dice, dándome los retratos de ella y de David—, también son tuyos.

—¡Munchísimas gracias, abuelita! —le digo, saliendo de su cuarto para dirigirme de una vez al dormitorio de Tomás. Ya que anda buscando su "tesoro", no hay peligro de que regrese pronto, y al cabo que no puedo aguantar las ansias de hallar la vieja frezada.

Cómo se enojaría mi hermanito si supiera que estoy esculcando sus cosas, pienso al quitar todo lo que está amontonado en la antigua petaquilla al pie de su cama: camisetas sucias, guantes de béisbol, y decenas de revistas de deporte.

Por suerte que no se le haya ocurrido ponerle un candado a la petaquilla como lo ha hecho con su bicicleta desde aquel día que anduve en ella y la dejé con las dos llantas ponchadas.

"Here it is!" I say aloud when I find the quilt at the bottom of the trunk, under several *colchas* and blankets which are so neatly folded that it's obvious nobody has touched them since the day my *tía* Zulema left them there.

After returning Tomás's things to the same state of confusion in which I found them, I take the quilt to my room where I begin unsewing it as my *abuelita* told me to do.

It's a very painstaking job because I don't want to tear the ancient cloth. As I cut the threads with the tip of the scissors, I ask myself the questions I would have liked to have asked my *abuelita*.

Why did she end up with this blanket? Didn't she ever give it to David? And how could she have used it to fill a quilt? It must have been something extremely precious to her.

Every question leads to another, just like the threads that loop over each other. But with no answers available, all I can do is continue my work until, at last, I've opened up the quilt.

As cautiously as a surgeon, I reach inside the quilt and begin to pull out the stuffing. "But what's this?" I say as I look at the checkered tablecloth that's emerged from the quilt.

I know this is the quilt my *abuelita* described—the one made out of blue flannel. Could she be mistaken? Maybe she really is losing her mind like my mother says.

It can't be, I tell myself as I reach back inside the quilt. And, yes, here it is at last—my *abuelita's* blanket, a *frezada* woven in brown with bands of red.

It looks as new as the day it came off the loom. But most amazing of all is the smell. As soon as I remove it from the quilt, I'm struck with a smell that reminds me of the river. It's...yes! It smells like the wild mint that grows alongside the river!

It seems impossible, and yet I know I'm not dreaming. My entire room is filled with the fresh, green smell! Not even Tomás could have unearthed a more extraordinary treasure.

—¡Aquí está! —digo en voz alta, por fin hallando la cuilta al fondo de la petaquilla, debajo de varias colchas y frezadas dobladas con tanto esmero que es obvio que nadie las ha tocado desde el día en que mi tía Zulema las puso allí.

Después de poner las cosas de Tomás en el mismo desorden en que las encontré, me llevo la cuilta a mi cuarto donde me pongo a descoserla como me mandó hacer mi abuelita.

Es un trabajo laborioso ya que de ninguna manera quiero rasgar la tela anciana. Mientras voy cortando los hilos con las puntas de las tijeras, me pregunto las cosas que le hubiera querido preguntar a mi abuelita.

¿Cómo es que se quedó con la frezada ella? ¿Jamás se la dio a David? Y ¿por qué la hubiera metido dentro de una cuilta? Sería algo muy precioso para ella.

Cada pregunta me lleva a otra, como los hilos que forman lazos sobre lazos. Sin respuesta alguna, sigo mi trabajo hasta que por fin logro abrir la cuilta.

Aún cuidándome como una cirujana, meto la mano para adentro y empiezo a sacar el relleno. —Pero ¿qué es esto? — digo, mirando el mantel a cuadros que ha salido de la cuilta.

Sé que ésta es la cuilta que me describió mi abuelita, pues es la de lanilla azul. ¿Se habrá equivocado ella? Puede ser que está perdiendo su mente como reclama mi mamá.

Pero no, pienso al volver a meter la mano más dentro de la cuilta. Ahora sí saco la frezada de mi abuelita. Es de color de café con cinco bandas de rayas coloradas.

Se ve tan nueva como el día en que la sacara del telar. Pero lo más asombroso de todo es el olor. Tan pronto como la saco de la cuilta, despide un olor que me recuerda del río. Es…¡sí! ¡Huele a esa yerba buena que se da en el río!

Es imposible, pero no lo estoy soñando. ¡Todo mi cuarto se está llenando del olor verde y fresco! Ni Tomás hubiera podido desenterrar un tesoso tan extraordinario.

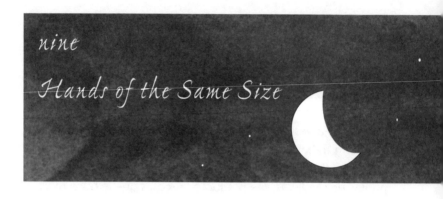

nine

Hands of the Same Size

———— ❧ ————

"That band wasn't too bad," says Damián.

"Oh...yeah," I reply, thinking about how little I noticed the music at the school dance this afternoon. I was too engrossed in talking and dancing with Damián. And now that he's walking me home, this has turned out to be the best day of my life.

I've sent Lori up ahead to warn me if my mother is at home. She should be at work by now, but I don't want to take a chance because she'd kill me if she saw me with Damián.

"You know, Lori has a crush on the guitarist," I say, making idle conversation since all I can think of is how I'd love to be back in his arms like I was at the dance.

"Well, he was the best musician in the group."

"Yes...," My words may have run out, but not my courage, so as we walk by the ditch that's gone golden with fallen leaves, I reach over and take his hand in mine. No one will see us down on this path by the ditch except maybe for that bum Whazamatter who walks through these woods muttering his nonsense.

Manos del mismo tamaño

—Ese conjunto no fue tan malo —dice Damián.

—Oh...sí —contesto, pensando en qué tan poco me había dado cuenta de la música en el baile de la escuela esta tarde, pues estaba muy ocupada hablando y bailando con Damián. Y ahora que me acompaña a casa, será el día más perfecto de mi vida.

Lori anda delante de nosotros para poder advertirme si se encuentra mi mamá en casa. Debería estar en el trabajo, pero no quiero arriesgarme porque me mataría si me viera con Damián.

—Lori está bien enamorada del guitarrista, sabes —digo, sólo por hablar, ya que todo lo que puedo pensar es cómo me muero por estar en sus brazos otra vez como lo fui en el baile.

—Bueno, creo que fue el mejor músico de todos.

—Sí... —Se me ha agotado la plática, pero el valor no, pues mientras caminamos a lo largo de la acequia llena de hojas doradas, me atrevo a cogerle la mano. Bueno, aquí en la vereda junto a la acequia nadie nos alcanza a ver, solamente ese vagabundo de Guazamader que anda por los álamos diciendo sus disparates.

"I'd like to learn how to play the guitar," I say, bubbling with joy as Damián laces his fingers between mine.

"You ought to do it," he says. "I bet you'd be better than that guy in the band."

"How do you know?"

"I know you, C. M. I know that when you decide to do something, you're going to do it well."

Well, then, what I'd like to do right now is make you fall in love with me. That's what I'm thinking, but what I say is completely different. "It would be a way of getting out of this little town. If I played the guitar, I could travel."

"You really want to see the world, don't you?"

"Sure! Don't you like to travel? Of course, you've been to plenty of places."

"A few, but there's no place on earth better than this one," Damián says, lifting my hand to kiss it.

A flock of sparrows in the branches overhead explode into flight, or is it the birds soaring inside me?

"But you already have all you need to succeed," I say, once the wings stop fluttering in my heart.

"What's that?"

"Why, your art, Damián. I showed your picture to my *abuelita* and she loved it. Someday you're going to be a famous artist."

When he doesn't react to my praise, I say something that's been on my mind for a long time. "You know, Damián, you're not like any other guy I've known."

"How do you mean?" he asks, stopping to look me in the eye. "Have you known a lot of guys?"

"No, no—what I mean is, anyone else would have gotten all conceited about what I just said. All guys ever want to do is talk about themselves—about their games or their cars or the new tennis shoes they bought.

"But you're not like that. To tell you the truth, Damián, I wish you *would* talk a little more about yourself."

"I don't know what I'd tell you," he says, starting to walk again. "Anyway, what I like to do is listen. And observe—that's how I get most of the ideas for my art work."

—Yo quisiera aprender a tocar la guitarra —digo, reventando de alegría cuando Damián me entrelace los dedos con los suyos.

—Debes hacerlo —me dice—. Te apuesto que le ganarías a ése del conjunto.

—Y ¿cómo sabes eso?

—Ya te conozco, C. M. Sé que cuando decides hacer algo, lo vas a hacer muy bien.

Bueno, lo que quisiera hacer ahora es enamorarte, pienso, pero lo que le digo es distinto. —Sería un modo de escaparme de este pueblito. Tocando la guitarra pudiera viajar.

—Tú sí tienes muchas ansias de ver el mundo, ¿no?

—Claro. ¿Que no te dan ganas de viajar? Verdad que tú ya conoces munchos lugares.

—Pero no hay ninguno como éste —dice Damián, levantando mi mano para besarla.

Se escucha un estallido de gorriones en las ramas sobre nuestras cabezas, ¿o serán los que alzan el vuelo dentro de mí?

—Bueno, tú ya tienes muy buen modo de salir ganando —le digo ya que el aleteo en mi corazón ha disminuido un poco.

—Y ¿qué es eso?

—Pos, tu arte, Damián. Le enseñé tu retrato a mi abuelita y le gustó muncho. De veras que tienes talento. Algún día serás un artista famoso.

Cuando no reacciona a mis halagos, le digo lo que he pensado hace mucho. —Sabes que tú no eres como los otros muchachos.

—¿Qué quieres decir con eso? —me pregunta, dejando de caminar para mirarme—. ¿Has conocido a muchos otros?

—No, no. Lo que digo es cualquier otro chamaco se hubiera echado el caldo, tú sabes, se hubiera puesto muy orgulloso. Así hacen todos, pos sólo quieren hablar de sí mismos—de sus juegos o sus carros o los nuevos tenis que acaban de comprar.

—Pero tú no haces eso, Damián. Para decirte la verdad, quisiera que me dijeras más de ti.

—No sé qué decirte —responde, empezando a andar otra vez—. Al cabo que me gusta escuchar. Y mirar—así agarro muchas ideas para mis cuadros.

Now that we're almost at the house, I spot Lori behind a tree, giving me the "all-clear" signal.

"If you just pay attention, you pick up on all sorts of things," Damián goes on. "Like, for instance, friends in hiding who flash secret signs."

"It's my mother, Damián. She doesn't want me to see you anymore. She thinks I'm too young to go out with you," I say as I open the wrought-iron gate to our yard.

Everything appears to be quiet in our old adobe house; no one, at least, seems to be spying on us through the cracks of the shutters. Standing beneath the pair of cherry trees my father planted long ago, I realize the hour of truth has arrived.

"You know what, Damián? If you're so observant, how come you haven't even noticed what's right under your nose?"

"And what's that?"

"Me. Can't you see that...?"

"Yes, C. M., I *do* see you," Damián says, pulling me close. "You're all I've seen for some time now."

And then he kisses me.

It opens—the dark door that's always locked in my dreams swings open and the two of us pass through it, walking hand in hand through a meadow carpeted with daisies that turn into the clouds I used to gaze at as a child lying under the pair of cherry trees, and when I open my eyes, I see them reflected in his.

I remain in his arms for an endless moment as we speak without saying a word. Never in my life have I felt so close to another human being. If it weren't for our skin, I wouldn't know where I leave off and he begins.

"I love you, C. M. I've always loved you," Damián tells me, kissing me again. But our lips have barely met when a shout sounds in my ears like a firecracker.

It's my brother, who comes riding up on his bicycle to ruin everything. "Damián! Miguel's looking for you!"

"Tomás!" I scream with daggers in my eyes. He must have done this on purpose—not even *he* can be that dense.

Ya que nos hemos acercado a mi casa, diviso a Lori escondida detrás de un árbol, dándome la seña de que no hay peligro.

—Fijándose, uno puede ver muchas cosas —sigue Damián—. Como, por ejemplo, las amigas que se esconden para hacer señas.

—Es que mi mamá no quiere que te vea. Ella piensa que estoy muy joven para salir contigo —le digo, abriendo la puerta de hierro forjado en el patio de mi casa.

Todo se ve tranquilo en la vieja casa de adobe, pues no miro a nadie espiándonos por las rendijas de las contraventanas. Parados debajo del par de cerezos que sembró mi padre en tiempos olvidados, entiendo que ha llegado la hora de la verdad.

—¿Sabes una cosa, Damián? Si es que vas dándote cuenta de tantas cosas, ¿cómo es posible que puedes perder lo que está delante de tus narices?

—Y ¿qué es eso?

—Pos, yo. ¿Que no puedes ver que...?

—Sí, te veo —Damián me interrumpe, estrechándome entre sus brazos—. Tú eres todo lo que he visto durante mucho tiempo. Luego me besa.

Se abre, se abre la puerta oscura que siempre está cerrada en mis sueños, se abre y los dos pasamos por ella, mano en mano, caminando por una pradera alfombrada de margaritas que se transforman en las nubes que miraba de niña acostada bajo el par de cerezos, y al abrir mis ojos, los veo reflejados en los de él.

Por una pequeña eternidad nos quedamos abrazados, hablándonos sin decir palabra. Jamás en la vida me había acercado tanto a otra persona, pues si no fuera por nuestra piel, ni supiera dónde yo termino y él empieza.

—Te quiero, C. M. Siempre te he querido —me dice Damián, volviendo a besarme. Pero apenas se han tocado nuestros labios cuando un grito suena en mis oídos como un cohete.

Es la voz de mi hermano que se nos acerca en su bicicleta para arruinarlo todo. —¡Damián! ¡Te busca Miguel!

—¡Tomás! —le grito, apuñalándolo con la mirada. Tiene que haberlo hecho de adrede, pues ni él puede ser tan estúpido.

And the proof is, he races off on his bike before I can get my hands on him to break him into tiny pieces. But it's too late anyway—the spell has been broken.

"I'd better go, C. M.," Damián says, and then slowly, tenderly, he breaks away from me.

For a long time, I watch his back grow smaller until it is finally the size of the leaves dancing in the wind.

Entering the house, I go straight to my room. I know I ought to check up on my *abuelita,* but I don't want to ruin the magic of this moment. I want to taste the memory of his mouth for just a little longer.

∼

I'm still drifting in a dream when I hear someone knocking at the door. Unsure of how long they've been out there, I rush to answer.

"*¡Abuelita!*" I exclaim when I open the door to find her standing next to Mr. González. "What happened?"

"Don't worry, *hija.* There's no reason to be scared."

"I was fishing down at the river when I saw her wandering around," my teacher says. "I thought maybe she was lost."

"*Gracias, muchísimas gracias,*" I say, ushering in the *anciana.* "Come in, Mr. González. Sit down."

"No, no—I've got to run. I got fish out in the truck. Hey, you want any for your dinner?"

"No thanks, Mr. González. But thanks again for bringing my *abuelita* home. I'll see you in school."

I feel guilty for going to my room without making sure my *abuelita* was all right. Yet at the same time, I'm also confused because she's never done anything like this before.

Helping her into a chair in the kitchen, I start to heat up some water to make her a cup of chamomile tea.

"What were you doing down by the river, *abuelita?* You know you shouldn't go out all by yourself."

"I went there to meet him. He's coming to see me."

"Who?"

"You know—my David."

La prueba de eso es que se va volando en su bicicleta antes de que lo pueda desmenuzar, pero ya se ha hecho el daño. El encanto se ha roto.

—Vale más irme, C. M. —Damián me susurra en la oreja, y lentamente, tiernamente se aparta de mí.

Mucho tiempo me quedo, mirando su espalda hasta que se hace tan pequeña como las hojas que el viento pone a bailar. Entro a la casa y voy derecho a mi cuarto. Sé que debo pasar por el cuarto de mi abuelita, pero no quiero quebrantar este sortilegio. Quiero seguir saboreando el recuerdo de su boca.

∽

Todavía estoy en un ensueño cuando oigo unas llamadas en la puerta. Quién sabe cuánto tiempo habrán estado allí tocando, pienso, apresurándome por contestar.

—¡Abuelita! —exclamo al abrir la puerta para hallar a ella al lado del profesor González—. ¿Qué pasó?

—No te espantes, hija. No pasa nada.

—Estaba pescando en el río cuando la vi andando por allí —dice mi maestro—. Creo que estaba perdida.

—Gracias, munchas gracias —le digo, recibiendo a la anciana—. Pase, profesor González. Siéntese.

—No, no, ya me voy. Tengo unas truchas en la troca. Oye, ¿no quieres unas para la cena?

—No, profesor González, pero gracias siempre. Y munchas gracias por traer a mi abuelita. Allí lo veo en la escuela.

Me siento culpable por haberme encerrado en mi cuarto sin asegurarme de que se encontrara bien mi abuelita. También me he quedado bien perpleja, pues jamás había hecho parecida cosa mi abuelita.

Sentándola en una silla en la cocina, me pongo a calentar agua para prepararle un té de manzanilla.

—¿Qué estaba haciendo en el río, abuelita? Usted no debe de salir solita.

—Iba a juntarme con él. Viene a verme.

—¿Quién?

—Tú sabes, mi David.

"But, *abuelita,* that's just a story. Don't you remember?"

Now she really is scaring me. For the first time I'm worried she may be losing her mind.

"Don't worry, *hija.* I haven't gone crazy," she says, reading my thoughts like always. "But David *is* coming. I can feel it inside me, just like I did so many years ago.

"That day I went down to the river because something told me he would be there. I was so sure of it that I even took along the camping blanket I had woven for him. And he did come riding up on his horse, just as if I had called him, even though we hadn't seen each other for months.

"When I gave him the blanket, he thanked me and he spread it out on the ground. There must have been some mint underneath, because when we sat down on the blanket, I could smell it.

"We just sat there for a long time, looking at each other. Neither one of us knew how to say what we wanted to say. Finally, I told him, 'What if the two of us just jumped on the back of that horse and took off?'

"'He'd have to take us very far away,' David answered.

"Then he took my hand and put it up against his, as if he was measuring them. 'Do you see how our hands are the same size?' he said. Then he told me a story he had read.

"The author was a Greek who lived before the time of Christ. In his book he said that long, long ago, men and women used to share a single body. For some reason, that body got split in half, and ever since that time, we've been trying to get back together.

"That desire to get back together is what we call love. But we'll never have a single body again, David said—only hands of the same size.

"When I told him that was a very sad story, he said, 'No, Crescencia, it's just the way life is. Haven't you noticed how the sad songs are always the most beautiful ones?'

"With that, he began to kiss my fingers, one by one, while I thought about how sad my destiny was. Here was the man I loved, the only man I would ever truly love in my life, and I couldn't have him.

—Pero abuelita, solamente es una historia. ¿Que no se acuerda?

—le digo, realmente apenada. Por primera vez temo que se habrá vuelto loca.

—No te preocupes, hija. No estoy perdiendo la mente —responde, adivinando mis pensamientos como siempre—. Pero sí viene mi David. Lo puedo sentir, lo mesmo como entonces.

—Aquel día fui al río porque sabía que iba a venir. Tan cierta era que hasta truje la frezada de campo para entregársela a él. Y sí llegó en su caballo como si lo hubiera llamado, aunque hacía meses que no nos habíamos visto.

—Al recibir la frezada, me dio las gracias y la destendió en el suelo. Quizás había yerba buena abajo, porque cuando nos sentamos, me dio el olor.

—Nos quedamos allí muncho tiempo, nomás mirándonos, pos ninguno de los dos sabía por dónde empezar. Por fin le dije, "¿Y si los dos nos subimos en ese caballo y nos vamos?"

—"Nos tendría que llevar muy lejos", contestó David.

—Entonces me agarró la mano y puso la suya en ella, como para medirlas. "¿No ves cómo son del mesmo tamaño?" me dijo. Luego me contó una historia que había leído.

—El autor era un griego de los tiempos antes de Cristo. En su libro decía que muncho más antes los hombres y las mujeres compartían un solo cuerpo. Por alguna razón, se dividió ese cuerpo, y desde entonces hemos tenido ansias de juntarnos otra vez.

—Esas ansias son lo que llamamos el amor. Pero nunca volveremos a tener un solo cuerpo, dijo David—nomás manos del mesmo tamaño.

—Cuando le dije que era una historia muy triste, me respondió, "No, Crescencia, es la vida nada más. ¿Que no te has dado cuenta de que las canciones tristes son las más bonitas?

—Con eso él comenzó a besarme los dedos, uno por uno, mientras que yo pensaba en lo triste que era mi destino. Delante de mí estaba el hombre que amaba, el único que amaría en toda la vida, y no lo podía amar.

"'David,' I said, 'I care for you very much. You mean more to me than my own life.'

"He didn't say a word, but I knew that he loved me too. I could see it in his green eyes. I just kept staring and staring into those eyes until I finally got lost in them and I was kissing him.

"My eyes were still closed when I felt him draw away. 'Crescencia,' he said, 'we can't do this.'

"When I told him again that I loved him, he told me, 'I love you too, but we can't do this to Ramón. He's my brother, Crescencia.'

"I knew he was right, that if he had stayed there, we might have done something we would have regretted for the rest of our lives.

"He didn't say another word. There really wasn't anything left to say. He just got on his horse and left. I don't even remember if he said goodbye.

"Over those long months, I had convinced myself I no longer had a heart—that it had withered up and died. But there, alone at the river, I realized I still had a heart, because it burst of sadness.

"I cried like the *Llorona*—even harder than her because I had lost what I had never had. I cried until I had cried my last tear.

"Then I got to my feet and picked up the blanket that David had left there on the ground. Right then and there I decided I would hide it inside a quilt. I would put it away just like I had to put away my love.

"I returned to the house where my family was waiting. I knew I would survive, but I also knew I would never be the same woman I was before."

∽

"So what finally happened, *abuelita?*" I ask after a long pause. It hasn't been easy for either of us to make our way back to the present.

"*Bueno, hija,* I didn't see David again for a long time. Later on I found out he had also enlisted in the army."

"And did he go to war? They didn't ki…?"

—"David", le dije, "te quiero. Te quiero más que mi propia vida".

—No dijo nada, pero yo podía ver el amor que me tenía en esos ojos verdes. Los miré y miré hasta que por fin me perdí en ellos y lo estaba besando.

—Todavía tenía los ojos cerrados cuando sentí que él terminaba el beso. "Crescencia"—me dijo—"no podemos seguir así".

—Cuando volví a decirle que lo quería, él me dijo, "Y yo te quiero también, pero no le podemos hacer esto al Ramón. Es mi hermano, Crescencia".

—Yo sabía que tenía razón, que si él se hubiera quedado allí, hubiéramos hecho algo que nos iba a pesar el resto de la vida.

—No habló más, pos no había más que decir. Subió en su caballo y se fue. Ni me acuerdo si me dijera adiós.

—Durante muncho tiempo había pensado que ya no tenía corazón, que se me había secado. Pero allí solita en el río, se me reventó el corazón de pura tristeza.

—Lloré como la Llorona, más fuerte que ella porque yo había perdido lo que nunca tuve. Lloré hasta que había llorado la última lágrima.

—Al fin me levanté y recogí la frezada que David había dejado en el suelo. Ahí mero decidí ponerla dentro de una cuilta, esconderla en un lugar oscuro como había hecho con mi amor.

—Regresé a casa donde me esperaba la familia. Sabía que iba a seguir viviendo, pero también sabía que ya no era la mesma mujer que antes.

꙾

—Y ¿qué pasó al fin, abuelita? —le pregunto luego de un largo silencio, pues a las dos nos ha costado volver al presente.

—Bueno hija, no volví a ver al David por muncho tiempo. Despúes me dijeron que él también había entrado al army.

—Y ¿fue a la guerra? ¿No lo ma...?

I leave my question unfinished because I don't want to make my *abuelita* suffer any more pain. What's more, the image of my father has surfaced again in my own memory.

"Yes, he went to war, and I began the worst year of my life. Like they say, when it doesn't rain, it pours. Both David and Ramón were on the other side of the world, and, if that wasn't bad enough, we were also hit with that terrible sickness, the influenza.

"So many people died there weren't even enough carpenters left to make coffins, so we just buried the dead wrapped up in sheets. We lost my baby Dolores, and we nearly lost my father as well.

"But the worst of all was the desire I was feeling. May God forgive me, *hija*, but I hoped that Ramón wouldn't come back.

"It was such an evil desire that I was sure the devil himself had put it in my soul. I prayed and prayed, but when I least expected it, the desire would come back even stronger than before.

"At the same time, I was so scared that David wouldn't come back alive. It would have been my love that killed him.

"But he came home, and Ramón too—both of them alive and well, *¡gracias a Dios!* It took me years to pay back all the promises I had made to the Virgin."

"And…David?" I ask hesitantly.

"Well, he ended up marrying a woman from San Buenaventura. Afterwards, they moved to Utah. It was better that way."

"And he never came back?"

"No, they stayed there in Monticello. Oh, once in a long while I would see him, *tú sabes,* at weddings or funerals. But by then we both had our own families—and our own separate lives as well. Like I said, it was better that way."

I don't say anything, but it seems to me that my *abuelita* is repeating that phrase quite a bit, as though she were still trying to convince herself of it.

"And is David still alive?"

No termino la pregunta, ya que no quiero herir los sentimientos de mi abuelita aún más. Además, me ha surgido en la mente la imagen de mi padre.

—Sí fue a la guerra, y yo empecé a vivir el peor año de mi vida. Como dicen, las desgracias nunca vienen solas. Allí estaban el David y el Ramón en el otro lado del mundo, y pa'l colmo, en esos mesmos tiempos aquí pegó la enfermedad tan fea, la influenza.

—Munchos murieron, pos ni carpinteros quedaron para hacer cajones, de modo que los muertos los enterrábamos en puras sábanas. A nosotros se nos murió mi Dolores, y escapamos de perder a mi tata también.

—Pero lo peor de todo fue el deseo que tenía. Dios me perdone, hija, pero yo deseaba que no regresara el Ramón.

—Fue un deseo tan malo que hasta pensaba que el diablo se me había metido en el alma. Rezaba y rezaba, pero cuando menos lo esperaba, allí estaba el deseo más fuerte que nunca.

—A la mesma vez, tenía muncho miedo de que no volviera mi David. Sería mi amor lo que le hubiera matado.

—Pero sí regresó, y el Ramón también, los dos buenos y sanos, ¡gracias a Dios! Llevé años pagando todas las promesas que le había hecho a la Virgen.

—Y...¿el David...? —pregunto con vacilación.

—No, pos se casó con una mujer de allí de San Buenaventura. Después se mudaron a Utah. Fue mejor asina.

—¿Y nunca regresó?

—No, allí se quedaron en Monticello. Oh, de vez en cuando lo miraba, muy a lo lejos—tú sabes, cuando había casorios o funerales. Pero ya para entonces teníamos nuestras propias familias—y nuestras propias vidas también. Como te digo, fue mejor asina.

No le digo nada, pero se me hace que mi abuelita está repitiendo esa frase mucho, como si aún quisiera convencerse de que sea verdad.

—Y ¿todavía vive el David?

"*Sí, mija*, he's still over there in Utah. He lives with his oldest daughter, the one who used to be a nun. He's been a widower for many years."

Pausing for a moment, my *abuelita* smiles at me and asks, "And that chamomile tea?"

"*Oh! Perdóneme, abuelita!*" I exclaim, immediately getting up to serve her. "I was so fascinated by your story that I forgot all about the tea. Would you like me to reheat it? It must be cold by now."

"*No, mija*, it's just fine. I don't drink it that hot anyway, not like Ramón used to. That man used to like to drink his coffee boiling hot.

"And speaking of Ramón, I don't want you to misunderstand me, *hija*," she says, taking a sip of her tea. "Your *abuelo* was a good man, and an excellent husband as well.

"He always respected and supported me. He wasn't like some of those other men who thought all a woman was good for was to give them babies and cook their meals.

"*Pobrecito mi Ramoncito*—he was such a hard worker. And then, with his face all pock-marked from the *viruela*, some people used to call him, *Cariguangoche*—'Gunny sack face.' It's terrible the things people can say, no?

"*Bueno*, but Ramón took it all in stride. That's just the kind of man he was. He never complained about anything.

"And I'm not complaining either. God has given me a wonderful life, *hija*. There was just one thing I wanted—to be able to share my story with someone before I died.

"Now you're the only one who knows the whole story. Take good care of it, and learn from it, because if one is willing to learn, anything can be changed in this life.

"The only thing you can't change is love, *hija*. The heart obeys no master."

—Sí mija, allí está en Utah todavía. Vive con su hija mayor, la que era monja. Hace años que se quedó viudo.

Deteniéndose brevemente, mi abuelita me mira y, con una sonrisa, pregunta: —¿Y ese té de manzanilla?

—¡Oh! ¡Perdóneme, abuelita! —exclamo, parándome en seguida para servirle—. Estaba tan fascinada con su historia que se me olvidó del té. ¿Se lo caliento otra vez? Creo que ya se habrá enfriado.

—No mija, está bien. Al cabo que no lo tomo tan caliente de todos modos, no como el Ramón. Ese hombre sí tenía que tener su café al punto de hervir.

—Y, hablando de él, no quiero que me entiendas mal —dice, tomando el té de un sorbo—. Tu abuelo era buen hombre y un marido muy generoso también.

—Siempre me ayudaba y me respetaba, no como aquellos otros que pensaban que una mujer sólo sirve para darles hijos y hacerles de comer.

—Pobrecito mi Ramoncito, tanto que trabajaba. Y luego con la cara tan picoteada de viruela, algunos hasta se atrevían a decirle "Cariguangoche". ¡Qué lenguas tiene la gente, ¿no?

—Bueno, pero todo lo aguantaba porque asina era el Ramón. Ese hombre nunca se quejaba de nada.

—Y yo no me estoy quejando tampoco. Dios me ha prestado una vida muy buena, hija. Pero una cosa sí—quería compartir mi historia con alguien antes de morirme.

—Ahora tú eres la única que sabe toda la historia. Guárdatela bien y aprende de ella, porque aprendiendo uno puede cambiar muncho en esta vida.

—Sólo el amor ni se aprende ni se cambia, hija. El corazón nunca se deja mandar.

ten

We're Leaving Now

"You're the only one I can talk to now, Asia," I tell my filly as I hobble her on the banks of the river.

It's an Indian summer afternoon, but my spirit is in mourning. Even this magical light that sets the cottonwoods ablaze only reminds me that cold days are approaching. Why do all the beautiful things in life have to fade away?

There's no way I can keep my mind off the coming winter, not with all the things that have happened. My *abuelita* was right—when it doesn't rain, it pours.

She herself is in the hospital, lying in a coma after suffering a stroke. And, if that weren't enough, now Damián has also disappeared.

"And Tomás says that even Miguel doesn't know where he went," I continue telling Asia, who regards me with her sensitive eyes. The only thing she lacks is a voice to speak with, and, if she really could share her thoughts, what would she say? That she never should have brought me here?

—Tú ya eres la única con quién puedo hablar, Asia
—le digo mientras la maneo en la ribera del río.

Hay veranillo de San Martín esta tarde. Pero
hasta la luz rara que parece pegar fuego a los álamos me entristece hoy, pues uno sabe que la belleza
es efímera, un breve recuerdo del calor antes de
que venga el frío.

Y ¿cómo no voy a presentir el frío con todo lo
que acaba de pasar? Es cierto lo que dijo mi abuelita—las desgracias nunca vienen solas.

Ella misma se encuentra en el hospital en estado de coma luego de tener un ataque de apoplejía.
Y por si eso fuera poco, ahora Damián también se
ha desaparecido.

—Y Tomás dice que ni Miguel sabe para dónde
se fue —le sigo hablando a mi potranca que me
mira con sus ojos tan sensibles. Sólo hablar le falta,
y si de veras pudiera compartir sus pensamientos
conmigo, ¿qué me dijera ahora? ¿Que nunca
debería de haberme traído por aquí?

After all, I was on her back the first time I saw Damián in this same place. He was sitting right here that day, sketching these red mesas, the same mesas I used to pretend were castles when I was still foolish enough to believe in fairy tales.

"Back then, I thought all my dreams had come true, but now I realize I had my head in the clouds, Asia," I say, but she's already wandered off in search of her own dream, that perfect patch of grass.

Well, at least she has something to console herself with, I think, as I spread my *abuelita's* blanket out on the ground not far from the edge of the water. Turning my back on the mesas that have turned out to be nothing more than mesas, I sit on the *frezada* and pull out from my shirt pocket the letter I received this afternoon. Even though I've already read it dozens of times, I read it again, struggling to understand it, and to understand why Damián sent it to me.

Dear C. M.,
By the time you read these words, I will be gone. I'm sorry, but I've never been good at saying goodbye. Do you remember I told you that I never knew my father? I know now that I can't do what he did to me. I wish I could change so many things, C. M., but what's done is done. I hope some day you'll be able to forgive me. Believe me when I say I'll never forget you.
Always,
Damián
P.S.: I made this picture of you in the hopes that you'll remember me.

"As if I could forget you," I say to no one, to the magpies, I guess, who mock me from the highest branches of the trees.

Sighing, I take another look at the picture Damián included with his letter. It's done in pastels, so it's already beginning to smear after all the times I've folded and unfolded it.

It's me, all right. But at the same time, this woman dressed in a long turquoise gown looks older than me. I don't know

Al fin y al cabo yo estaba montada en ella la primera vez que vi a Damián en este mismo lugar. Aquí estaba sentado aquel día, dibujando estas mesas coloradas, las mismas mesas que yo solía imaginar como un castillo cuando aún era tan tonta como para creer en los cuentos de hadas.

—En aquel entonces pensaba que mis sueños se habían vuelto realidad, pero ahora entiendo que la realidad no tiene nada que ver con los sueños, Asia —le digo, pero ya se ha alejado en busca de su propia realidad, o sea el zacate.

Al menos ella tiene cómo consolarse, pienso al destender la frezada de mi abuelita en el suelo no lejos del agua. Volviendo las espaldas a las mesas que terminaron por ser nada más que mesas, me siento en la frezada y saco del bolsillo de mi camisa la carta que recibí esta tarde. Aunque la he leído decenas de veces ya, vuelvo a leerla, luchando por comprenderla, por comprender por qué me la mandó Damián.

Querida C. M.,
Para cuando leas estas líneas, ya me habré ido.
Lo siento mucho, pero nunca he sido bueno
para los adioses.¿Te acuerdas que te dije que nunca
conocí a mi padre? Ahora sé que no puedo hacer lo
que él me hizo a mí.Ojalá pudiera cambiar tantas
cosas, C. M., pero lo hecho ya está hecho. Espero que
algún día podrás perdonarme. Créeme cuando te
digo que jamás te olvidaré.
Siempre,
Damián
P. D. Este retrato de ti lo hice para que te acuerdes
de mí.

—Como si pudiera olvidarte —digo a nadie, quizá a las urracas que se ponen a burlar de mí desde las ramas más altas.

Suspirando, vuelvo a ver el retrato que Damián incluyó en su carta. Fue hecho en pintura de pastel y ya ha empezado a mancharse un poco por tanto plegarlo y desplegarlo.

Soy yo, de eso no cabe duda. Pero a la misma vez, esta mujer vestida de un traje largo de color turquesa parece tener

what it is—something in her face makes her look mature, or maybe disillusioned, if they're not the same thing.

It's a beautiful picture—there's no doubt about that, either, for Damián has placed me at the foot of a rainbow bursting with color.

"But I like the other drawing better! You were with me in the other one, Damián!" I cry, and there's nothing I can do to stop the tears.

Did he already know he was going to leave me while he was doing this painting? It's the question that keeps going round and round in my mind as I gaze at the picture through my tears.

I stare at it for so long that the images finally start to dance before my eyes. It's then that I remember my *abuelita's* story, her story about the Turquoise Woman. Why hadn't I thought of it until now? It's Changing Woman. Damián has painted Changing Woman!

Shaken, I fold up the drawing with great care. Putting it back in the envelope with the letter I already know by heart, I notice the light has started to fade.

Even though it's getting late, I don't move. As the twilight begins to work its magic, the whole *bosque* falls silent. Even the magpies stop their constant chattering. All I can hear is the gurgling of the river. Damián, why did you abandon me?

Lying on the blanket, I close my eyes to imagine you. I try to picture your hair, your eyes, your smile, but I can't. Damián, have I already lost the memory of your face?

Don't leave me, Damián! Don't leave me.

∽

"You came back! I knew you'd be back."

"I had to return. You've been calling me for so long."

"You look just the same. You haven't changed at all."

"And you are more beautiful than ever."

"Come sit beside me. The afternoon is a dream."

"We don't have time. I've come to take you with me."

"I've waited so long for you. Are you really going to take me with you?"

más edad que yo. No sé, hay algo en la cara que sugiere la madurez, o tal vez el desengaño, si no es que son la misma cosa.

Es un retrato bello, de eso tampoco cabe duda, pues Damián me ha colocado al pie de un arco iris estallando en color.

—Pero a mí me gustó más el otro dibujo. ¡Estabas conmigo en el otro, Damián! —exclamo, y ya no puedo contener las lágrimas.

¿Ya sabría él que me iba a abandonar cuando pintó este retrato? Es la pregunta que da vueltas en mi mente mientras sigo mirando el retrato por las lágrimas.

Tanto lo miro que por fin las imágenes empiezan a bailar ante mis ojos. Es entonces que recuerdo la historia de mi abuelita, su historia de la Mujer de Turquesa. No sé por qué no se me había ocurrido hasta ahora. Es la Mujer de los Cambios. ¡Damián ha pintado la Mujer de los Cambios!

Conmovida, vuelvo a doblar el retrato con el mayor esmero. Poniéndolo en el sobre con la carta que ya sabré de memoria, me doy cuenta que pronto anochecerá.

Sin embargo, no me levanto ya que el crepúsculo ha empezado a desatar su hechizo. De repente se hace un silencio por todo el bosque. Hasta las urracas dejan de parlotear. Sólo el gorgoteo del río se oye. Damián, ¿por qué me dejaste tan sola?

Acostándome en la frezada, cierro los ojos para imaginarme de ti, de tu cabello, de tus ojos, de tu sonrisa, pero no puedo, Damián. ¿Que tan pronto se va a desvanecer el recuerdo de tu rostro?

No te me vayas, Damián. ¡No te me vayas!

༺

—¡Regresates! Yo sabía que ibas a regresar.

—Obligado de venir, tanto que me llamabas.

—Te miras lo mesmo. No te has cambiado nada.

—Y tú más hermosa que nunca.

—Siéntate conmigo, que la tarde es un sueño.

—Ya no queda tiempo. He regresado sólo para llevarte conmigo.

—Tanto que te he esperado. ¿De veras que me llevas contigo?

"Yes, the two of us will go together."

"Now?"

"Now, my love. Get on the horse—it's time to go."

Awakening with a start, I jump to my feet. "Asia! Where did you go?" I shout. Shivering with cold, or perhaps with fear, I search for her in the growing darkness.

A sharp wind is blowing through the trees, filling the air with weird sounds, the howling of a pack of coyotes, the hooting of an invisible owl.

In my panic, I trip over a tree stump, tumbling to the ground. "Asia!" I cry out again as I get up, ignoring the biting pain in my arm.

"Oh, here you are!" I say, finally calming down when I locate my filly, still hobbled and grazing beneath the boulder of the Virgin of Guadalupe. "Why didn't you answer me?"

"I could have sworn I heard you galloping away," I go on, removing the rope from her front legs and climbing up on her back. *"Vamos,* Asia. And hurry, they're going to be worried about us."

In spite of the danger, we go galloping through the darkness. I know we're running the risk of tripping over a gopher hole or a half-buried stone, but something is forcing me to tempt fate.

When I arrive back home, I see that Tomás is waiting for me outside, but not to berate me. "She's gone, C. M.," he says, shaking his head.

He doesn't have to say anything else. I know he's talking about my *abuelita.*

—Sí, vamos los dos.

—¿Ahora?

—Ahora, mi vida. Súbete en el caballo que ya nos vamos.

༄

Despertándome sobresaltada, me levanto de golpe. —¡Asia! ¿Para dónde fuites? —grito. Tiritando, no sé si de frío o de miedo, la voy buscando por las tinieblas.

Un viento penetrante ha empezado a soplar por los árboles, llenando la oscuridad de sonidos chocantes, el aullido de una manada de coyotes, el ululato de un tecolote invisible. En mi prisa tropiezo con un troncón, cayéndome al suelo. —¡Asia! —la vuelvo a llamar al levantarme, no haciendo caso del dolor punzante en mi brazo.

—Oh, aquí estás —digo, por fin tranquilizándome al hallarla todavía maneada, pastando debajo del peñasco de la Guadalupana—. ¿Por qué no me contestates?

—Juraría que te oí alejándote a galope —le sigo hablando, quitándole el cabresto de las patas delanteras, y subiéndome—. Vamos, Asia. Apúrate, que van a estar bien apenados de nosotros.

A pesar del peligro, vamos galopando por la oscuridad. Sé que corremos el riesgo de dar un tropezón, con tanto hoyo de ardilla y piedra enterrada en la vereda, pero algo me empuja a tentar la suerte.

Al llegar a casa, veo que Tomás me está esperando afuera, pero no con un reproche. —Ya se fue, C. M. —dice, sacudiendo la cabeza.

No es necesario que hable más. Sé que se refiere a mi abuelita.

eleven

The Return

It's been hours now that my mother and I have been cleaning the house without speaking a word. We're in mourning, of course, but I think we're also silent because this is the first time since my *abuelita's* death that we've had a moment to ourselves.

Over the last few days, the house has been full of people. I never knew just how big our family was; at the rosary I even met some relatives I had never seen before in my life.

And this morning at the funeral, the church was overflowing with people. I imagine a lot of them were friends and neighbors because my *abuelita* was loved and admired by so many.

But now that all of the mourners have given their last condolences, and Tomás has gone outside as well, it's just me and my mother in the house.

"*Bueno, hija,* that's enough for today," she says, cleaning the counter after she's dried the last of the dishes. "Let's leave the floors for tomorrow."

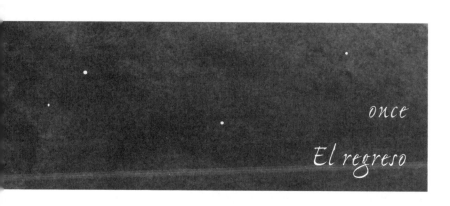

Hace horas que mi mamá y yo estamos limpiando la casa sin decir palabra. Estamos enlutadas, desde luego, pero creo que también guardamos silencio porque es la primera vez que hemos estado a solas desde que se murió mi abuelita.

Durante los últimos días la casa se ha llenado de gente. Yo no sabía que había tanta familia, pues en el rosario conocí a algunos parientes que nunca había visto.

Y esta mañana para el funeral, la iglesia estaba apiñada de gente. Bueno, muchos serían vecinos y amigos porque mi abuelita fue una persona tan querida como conocida.

Pero ya los dolientes han dado el último pésame y se han ido. Tomás también ha salido para afuera, así que sólo mi mamá y yo nos quedamos en la casa.

—Bueno hija, ya basta para hoy —dice mi mamá, acabando de limpiar la alacena mientras seco los últimos platos—. Dejamos los suelos para mañana.

"Okay, Mom," I answer. Exhausted as I am, I know I'm too wound up to sit down and relax. I need to do something to get my mind off things.

"I think I'll go weave for a while, Mom. Why don't you lie down? You look awfully tired."

"Yes, I think I'll take a little rest," she says, but she doesn't move. Opening her arms, she beckons to me: "Come here, *jita.*"

I feel so warm and safe in her arms, just like I did when I was a little girl and my mother would take care of all my worries. Nothing could hurt me when she held me, not even the loss of my father.

But I also notice how much I've grown since then. Embracing my mother like this, I realize we're now the same size.

"I know how much you loved your *abuelita,*" she says as she releases me. "But try not to be too sad."

"It's just that I never got the chance to say goodbye to her."

"I know, *jita,* but she was ready to go."

That's true, I think, as we leave the kitchen. It was as if my *abuelita* had decided her time had come.

"Anyway, your *abuelita* will always be with us, don't you think?"

"*Sí, mamá,*" I say, heading down the hall. Surprisingly, instead of entering her bedroom, my mother follows me into the weaving room.

Leaning against the large windowsill where I like to sit on sunny days, she watches me weave for a few minutes. Then, after clearing her throat, she says, "One more thing, *hijita.* I know how bad you must feel about Damián, but try to...."

"I *told* Tomás to keep his trap shut!" I interrupt her, pounding the beater of the loom.

"Don't get yourself worked up, *hija.* Tomás didn't tell me anything."

"Then how did you know?"

—Bueno, mamá —contesto. Estoy bien rendida, pero no me dan ganas de sentarme. Tengo que distraerme un poco.

—Creo que voy a tejer por un rato, mamá. ¿Por qué no se acuesta usted? Se ve muy cansada.

—Sí, voy a descansar un poco —dice, pero no se mueve. Mirándome, abre los brazos—: Vente pa'cá, 'jita.

Su abrazo es tan caluroso que me lleva atrás a los tiempos de mi niñez cuando todos mis problemas se resolvían entre estos mismos brazos. Aquí estaba protegida de toda desgracia, incluso la ausencia de mi padre.

Pero, a la misma vez, este abrazo también me recuerda de lo mucho que he crecido, pues me doy cuenta de que mi mamá y yo ya somos de un tamaño.

—Sé que querías muncho a tu abuelita —me dice mi mamá al soltarme de sus brazos—, pero no quiero que te pongas muy triste.

—Es que no me dio tiempo de despedirme de ella.

—Yo sé, 'jita, pero ella ya estaba lista para ir.

Es cierto, pienso mientras las dos salimos de la cocina. Era como si mi abuelita hubiera decidido que ya se le había llegado la hora.

—Al cabo que tu abuelita siempre estará con nosotras, ¿no crees?

—Sí, mamá —le digo, dirigiéndome al pasillo. Para mi sorpresa, en lugar de entrar a su dormitorio, mi mamá me sigue al cuarto de tejer.

Apoyándose en el amplio antepecho de la ventana donde suelo sentarme cuando hay sol, me mira tejer por unos momentos. Luego de aclarar la voz, dice: —Una cosa más, hijita. Sé que estarás muy desanimada con lo de Damián, pero trata de....

—¡Yo le dije a Tomás que se callara la boca! —le interrumpo, golpeando el peine del telar violentamente.

—No te enojes, hija. El no me dijo nada.

—Entonces, ¿cómo supo usted?

"I know a lot more than you think," she says, placing her hands on her knees in order to get up. But again she stays put, still watching me weave. When she finally speaks again, it's with a compassionate tone in her voice.

"*Mira, hija,* I know we've had our problems, but I want you to understand something. You're not the only one who's ever lost a love. I used to have my own dreams, too, but they all died with your father."

"Mom...," I begin, but emotion chokes off my voice. In place of anger, I now feel sympathy for my mother, my mother who's never before spoken like this about my father. Hard as it is to believe, I've never stopped to think of how my mother must have felt.

Just like my *abuelita,* she's had to live without the love of her life. How she must have suffered that day on the dock when my father sailed away. I wonder if she embraced him with as much longing as I did Damián that last day I saw him.

"Don't worry, *jita,*" my mother continues. "I've always hidden my feelings from you and your brother. I had to be strong for you and, of course, I wanted to protect you.

"But I can see my little girl is all grown up now. I can't really protect you anymore, and you—well, you're going to have to learn that you can't go through life without a few heartaches. It's true what they say: there's no love without pain.

"I just hope you never have to go through what I've gone through. But at the same time, I want you to really live your life, *hija.* Follow your heart, wherever it may lead you."

I'm so moved that all I can do is simply nod my head. Then I hear the voice of my *abuelita* speaking in my memory. *Someday you'll realize the two of you are as alike....*

"As two drops of water," I finish the sentence aloud.

"*¿Qué?*"

"Nothing, Mom. Why don't you go rest now?"

"*Sí, mija.* Oh—there's one other thing I wanted to tell you," she says, pausing at the door. "It's kind of strange. We got a letter today from some relatives in Utah. They wrote to let us

—Sé muncho más que lo que piensas —dice, poniendo las manos en las rodillas como para pararse. Pero se queda donde mismo, mirándome aún. Por fin, vuelve a hablar en tono compasivo.

—Mira hija, yo sé que hemos tenido problemas entre nosotras, pero ya es tiempo que entiendas una cosa. Tú no eres la única que ha perdido un querer. Yo también tuve munchos sueños, hija, pero todos se me murieron con tu papá.

—Mamá —empiezo, pero no puedo decir más. Todo mi enojo se ha transformado en lástima, pues mi mamá nunca me ha hablado así de mi papá. La verdad es que jamás se me había ocurrido pensar en lo que sentiría ella.

Como mi abuelita, ella también ha tenido que vivir sin el amor de su vida. Cómo sufriría aquel día en el muelle cuando mi padre se fue. ¿Lo abrazaría con el mismo anhelo como el cual con que estreché en mis brazos a Damián la última vez que lo vi?

—No te apenes, 'jita —sigue—. Siempre he escondido mi dolor de ti y de tu hermano. Yo tenía que ser la fuerte para ustedes, bueno, y tal vez quería protegerlos.

—Pero veo que mi hijita ya se ha hecho mujercita. Ya no te puedo proteger, y tú no podrás vivir tu vida sin sufrir desilusiones. Es cierto lo que dicen: no hay amor sin dolor.

—Ojalá que nunca tengas que pasar por lo que he pasado yo, pero a la misma vez, quiero que vivas tu vida, que sigas tu corazón, cueste lo que cueste.

La emoción se ha apoderado de mí de tal manera que sólo consigo asentir con la cabeza. Entonces oigo la voz de mi abuelita hablando en mi memoria. Algún día entenderás que se parecen...

—Como dos gotas de agua —completo la frase en voz alta.

—¿Qué?

—Nada, mamá. Ya váyase a descansar.

—Sí mija. Oh, y otra cosa que te iba a decir —dice, deteniéndose en la puerta—, algo extraño. Hoy llegó una carta

know a *compadre* of your *abuelita's* had died. David was his name—he was your *abuelita's* brother-in-law."

"I know, Mom," I say, my pulse beginning to race. "When did he die?"

"Well, that's the funny thing. According to his daughter, he died on Wednesday afternoon. That would have been almost exactly the same time your *abuelita* passed away. Strange coincidence, don't you think?"

"Yes," I reply, but I know this has nothing to do with coincidence.

"*Bueno, jita,* I really am going to lie down now."

"Yes, try to rest for a while. I love you, Mom."

It's been a long time since I've said those words. I can tell by the smile on my mother's face, a smile I also haven't seen there for a long time.

"I love you, too, *hijita,*" she says, kissing me as she leaves.

As soon as she has gone, I dissolve into tears, but these are not tears of unhappiness. *He came back,* I think, as I return to my work. If I keep weaving, I should be able to finish Damián's poncho soon.

"He came back for her," I say aloud, gazing at the photographs of my *abuelita* and her love hanging on the wall. Through the window, the turquoise sky glows with the golden light of the sunset. Soon the moon will appear, fearless and renewed.

de unos parientes de Utah. Dicen que murió un compadre de tu abuelita. David se llamaba, fue un cuñado de ella.

—Yo sé, mamá —digo, mi pulso empezando a latir a ritmo acelerado—. ¿Cuándo murió?

—Pos, eso es lo extraño. Según dice su hija, fue el miércoles por la tarde. Eso sería casi el mismo tiempo en que murió tu abuelita. Muy raro, ¿no?

—Sí —contesto, pero sé que no tiene nada de raro.

—Bueno, 'jita, ahora sí voy a acostarme un rato.

—Que descanse, mamá. La quiero muncho.

Hace mucho que no le digo eso. Se nota en la sonrisa que me da mi mamá, una sonrisa que tampoco he visto en su cara desde hace mucho.

—Te quiero también, hijita —dice, besándome y saliendo.

Tan pronto como se va, me deshago en lágrimas, pero estas lágrimas no tienen nada que ver con la desdicha. Regresó, pienso, volviendo a tejer. Ya no me falta mucho para terminar el poncho de Damián, así que hay que seguir.

—Regresó por ella —digo en voz alta, mirando los retratos de mi abuelita y su amor que tengo colgados en la pared. Por la ventana, el cielo de turquesa se convierte en oro con la puesta del sol. La luna espera su salida, renovada y poderosa.

Glossary

abuelita:	grandmother
abuelo:	grandfather
amigo/a:	friend
amole:	yucca root
anciana:	elderly woman
atole:	blue corn gruel
baile:	dance
bien:	well
bosque:	wood, woodland
bruja:	witch
Buenas noches le dé Dios:	May God grant you a good night (traditional New Mexican salutation)
bueno:	good
caballo:	horse
café:	coffee
calabaza:	pumpkin (in this usage, part of a New Mexican tradition in which a woman who refused a marriage proposal would give the rejected suitor pumpkins—"darle calabazas")
campo:	country, countryside
carnala:	sister (slang, "caló" term)
chica:	girl
chotis:	a type of traditional folk dance in New Mexico (cf., English, "schottische")
cigarro:	cigarette
claro que sí:	absolutely, for sure
colcha:	traditional New Mexican embroidery
comal:	flat, cast-iron skillet used for cooking tortillas
comadre:	female extra-familial relation, friend
compadre:	male extra-familial relation, friend
conguita:	small, striped weaving

Glosario

army:	ejército (inglés)
asina:	así
atole:	bebida de maíz azul molido
bolillo:	rodillo
cabresto:	cabestro, soga
camalta:	cama (de "cama alta")
cariguangoche:	cara de guangoche (saco de yute)
carnal/a:	hermano/a (pachuquismo)
casa de corte:	palacio de justicia (traducción del inglés, "courthouse")
colcha:	tejido bordado
conguita:	frazada pequeña
cowboy:	vaquero (inglés)
crochar:	tejer de ganchillo
cuilta:	colcha
chara:	alondra
charanga:	rama
chíquete:	chicle
dar calabazas:	rechazar una oferta de matrimonio (tradición nuevomexicana)
echarle sus papas:	reñir a uno
echarse el caldo:	envanecerse
en veces:	a veces
enjarrar:	encalar
escarbar:	desenterrar
estilla:	astilla
frezada:	frazada
garra:	andrajo, trajo
grampo:	abuelo (del inglés)
guachar:	mirar (pachuquismo, del inglés, "watch")
haiga:	haya

conjunto:	group, band
cota:	Navajo tea (wild herb in New Mexico, used for medicinal and dyeing purposes)
criada:	Indian slave/servant raised in an Hispanic household
cuate:	pal, friend
cuna:	cradle (in this usage, a type of traditional folk dance in New Mexico)
curandera:	traditional folk doctor or herbalist
¿de quién?:	whose is it?
dime:	tell me (imperative form of "decir," to say or tell)
Dios:	God
el Rancho de las Brujas:	the Ranch of the Witches
embrujaron al pobre:	they bewitched the poor man
eran verdes:	they were green
frezada de campo:	camping blanket
fútbol:	soccer
gallinero:	chicken coop
gracias:	thanks
grampo:	grandpa
guacho:	I'll see you (slang term, from English "watch")
hermano(ito):	brother
hija, hijita:	daughter (little one)
hijo:	son, child
inmortal:	medicinal herb used in New Mexico
izque:	they say that (from "dizque," in turn derived from "dicen que")
jita:	daughter (term of endearment, shortened form of "hijita")
La Llorona:	legendary Hispanic figure of the tortured spirit of a woman doomed to weep for the children she murdered
madrecita:	little mother (term of endearment and respect)
Malinche:	name given to the indigenous interpreter of Hernán Cortez, in this usage, a disparaging characterization of a female

izque:	dizque
jáiskul:	escuela secundaria (del inglés, "high school")
madera:	lisonjas, mentiras
mariguano:	el que fuma marijuana
mesmo/a:	mismo/a
muchito:	muchachito
muncho:	mucho
murre:	muy
nadien/naidien:	nadie
navajó/navajoses:	tribu de indígenas norteamericanos
pampers:	pañales (marca de empresa estadounidense)
pep rally:	junta para animar a estudiantes
petaquilla:	baúl
pieza:	tipo de baile (del inglés, "dance piece")
pintarse:	irse
piso:	tapete
plebe:	jóvenes
pos:	pues
quihubo(le):	qué hubo
tarre:	tan
tecolote:	lechuza
tirar chancla:	bailar
touchdown:	gol (fútbol norteamericano)
traibas:	traías
trampe:	vagabundo (del inglés, "tramp")
trique:	engaño (del inglés, "trick")
troca:	camión (del inglés, "truck")
trovo:	versos de una competencia poética
truje/o:	traje/o
varseliana:	varsoviana (tipo de baile, de "Varsovia")
vide/vido:	vi/vio
zacate:	hierba

manzana:	apple
marijuanos:	people who use marijuana (or, in general, an unsavory crowd)
masa:	dough
mi:	my
mija:	my daughter (little one, contraction of "mi hija")
milagro:	miracle
mira:	look (in this usage, imperative form of "mirar")
muchachita:	young girl (diminutive form of "muchacha," or girl)
muchísimas:	very many
músico:	musician
muy:	very
nada:	nothing
niña:	little girl
no la tires:	don't throw it away
no sé:	I don't know
perdóneme:	pardon or forgive me
pero:	but
pobrecito/a:	poor thing
prendorio:	traditional engagement ceremony and reception (from "prenda," or pledge)
pueblo:	town or village
que:	what or that
sabes:	you know
¿sabes qué?:	do you know what?
tata:	father, daddy (term of endearment and respect)
te:	to you or for you
telar:	loom
tía:	aunt
tío:	uncle
tonto:	silly, dumb
trovo:	a traditional New Mexico poetry competition in which two or poets compete with verses (from "trova," or verse)
tu:	your

tú:	you
un/a:	a, an
vamos:	let's go
varseliana:	a type of traditional folk dance in New Mexico, often known as "put-your-little-foot-right-there" (also known as "varsoviana," from Varsovia, or Warsaw)
vas:	you go
vida muy dura:	very hard life
viejo/a:	old person, elder
viruela:	smallpox
voy:	I go
y:	and
yerba:	herb
yerba buena:	mint (literally, "good herb")

About the author

Well-known southwestern author and storyteller, Jim Sagel won numerous awards for his ficiton, non-fiction, and poetry, including the *El Premio Literario Ciudad de San Sebastian, Spain, 1997.* The prize was given for the best play written in Spanish. Sagel was the first person outside of Spain to receive the award.

The Red Crane Books Writing Prize
In Honor of Jim Sagel

Red Crane Books is pleased to sponsor
The Jim Sagel / Red Crane Books Prize

For more information on this annual writing prize, contact:

Puerto del Sol
The Jim Sagel/Red Crane Books Prize
Kevin McIlvoy
Department of English
New Mexico State University
Box 30001, Dept. 3E
Las Cruces, NM 88003-8001